おもな登場人物《とうじょうじんぶつ》

モナ

主人公《しゅじんこう》のネズミの女の子。メイドとしてはたらきながら、ホテルの危機《きき》をいくども救《すく》っている。

ハートウッド

ハートウッドホテルのオーナー。アナグマの紳士《しんし》。

ティリー

リスのメイドで、モナの親友《しんゆう》。くちうるさいが、たよりになる。

ハートウッドホテル
Heartwood Hotel
4

ねずみのモナと永遠のわが家

ケイリー・ジョージ 作
久保陽子 訳　高橋和枝 絵

童心社

これまでのあらすじ

ひとりぼっちで生きてきた、ねずみの女の子モナ。
秋の嵐《あらし》の夜、森をさまよっていたモナは、
巨木《きょぼく》の中にかくされた動物《どうぶつ》たちのホテル、
ハートウッドホテルにたどりつきました。
秋のあいだだけ、メイドとしてはたらかせてもらうことに
なったモナですが、オオカミたちからホテルを守《まも》ったことで、
ホテルの正式《せいしき》なスタッフとしてむかえいれられます！
冬、なぞの侵入者《しんにゅうしゃ》がホテルの大切な食料《しょくりょう》をうばっていきます。
モナは吹雪《ふぶき》の中へととびだし、侵入者の正体《しょうたい》をつきとめました。
春には、にぎやかなフェスティバルがホテルでひらかれます。
そこにおそいかかってきたのは、おそろしいミミズク！
しかし、モナの立てた作戦《さくせん》で、ミミズクを追《お》いはらいます。
モナは、みんなからあつい信頼《しんらい》をよせられる存在《そんざい》となりました。
ティリーという親友もでき、ホテルというわが家も手にいれ、
もうひとりぼっちで森をさまようことはありません。
でも、ひとつだけモナが持っていないもの、
それは……血《ち》のつながりのある家族《かぞく》です……。

もくじ

著者紹介

作者　ケイリー・ジョージ

カナダの児童文学作家。ブリティッシュ・コロンビア大学で児童文学の修士号を取得。「Magical Animal Adoption Agency」シリーズ(未邦訳)など、絵本や読み物を20冊ほど手がける。邦訳は本シリーズが初めて。本シリーズはカナダ、アメリカで高い評価を受けており、第1巻はA Silver Birch Express Award Honour Bookを受賞した。また、ドイツ、フランスで翻訳出版されている。

訳者　久保陽子(くぼ・ようこ)

1980年、鹿児島県生まれ。東京大学文学部英文科卒業。出版社で児童書編集者として勤務ののち、翻訳者になる。訳書に『カーネーション・デイ』(ほるぷ出版)『ぼくって かわいそう!』『明日のランチはきみと』『うちゅうじんは いない!?』(フレーベル館)『5000キロ逃げてきたアーメット』(学研プラス)などがある。

画家　高橋和枝(たかはし・かずえ)

神奈川県生まれ。東京学芸大学卒業。絵本に「くまくまちゃん」シリーズ(ポプラ社)『ねこのことわざえほん』(ハッピーオウル社)『りすでんわ』(白泉社)『くまのこのとしこし』『トコトコバス』(講談社)『あ、あ!』(偕成社)、挿絵に『月夜とめがね』(あすなろ書房)『とびらをあければ魔法の時間』(ポプラ社)『銀のくじゃく』(偕成社)など、多数。

ハートウッドホテル

Heartwood Hotel

4

ねずみのモナと永遠のわが家

1 やぶれたドレス

ハートウッドホテルのような場所《ばしょ》は、どこをさがしたってありません。ファーンウッドの森でいちばん大きな木、それがハートウッドホテルです。

丘《おか》と村にはさまれた森のまん中に、ホテルの木が高くそびえ立ち、そのまわりを長いほおひげのように、小川がくるりとかこんで流《なが》れています。森じゅうの動物《どうぶつ》に愛《あい》されるホテルですが、とりわけ夏には多くのお客《きゃく》がおとずれます。お客にとってはくつろげる宿《やど》ですが、ねずみのモナやスタッフにとっては、たいせつなわが家です。

しかしきょうは、お客がひしめきあって、うごくのもたいへんです！

日光のふりそそぐホテルの室内は、どこもかしこも針《はり》だらけです。ヤマアラシのカップルの結婚式《けっこんしき》にむけて、からだに針のようにかたい毛のあるヤマアラ

シの親戚《しんせき》や友人が、おおぜいあつまっているのです。スタッフもお客《きゃく》も準備《じゅんび》に大いそがしです。

新婦《しんぷ》はホテルのコック、チクリーさん。恋《こい》するお相手《あいて》の新郎《しんろう》は、お客としておとずれたことのあるトゲソンさんです。

とくべつな日なので、モナとティリーは、きょうはメイドの仕事《しごと》はしません。モナの部屋《へや》で、おめかしをしています。いつもぐちばかりのティリーですが、エプロンをはずしハート柄《がら》のドレスを着《き》ると、うきうきした気分になったようで、ひとこともぐちをいいません。おめかしが終《お》わると、花嫁《はなよめ》の準備を手伝《てつだ》うため、ふたりで二階《かい》の美容室《びようしつ》へむかいました。

花嫁のチクリーさんは美容室のすみにいました。親戚のヤマアラシたちも室内で身《み》じたくをしているので、右も左も針《はり》だらけです。うごくたびにさされそうで、ひやひやします。

美容室を切《き》り盛《も》りしているのがオポッサム*のスタッフでよかった、とモナは思いました。オポッサムのパーキンズさんは天井《てんじょう》に張《は》ったつるにしっぽをまき

＊オポッサム　南北アメリカ大陸《たいりく》に生息《せいそく》する有袋類《ゆうたいるい》。長い尾《お》を持ち、ネズミににたすがたをしている。別名《べつめい》、フクロネズミ、コモリネズミ。

つけて、さかさまにぶらさがりながら、お客《きゃく》の毛をくしでといています。ひとづきあいが苦手《にがて》らしく、モナはまだきちんと自己紹介《じこしょうかい》したこともありません。口うるさいお客の相手《あいて》をする仕事《しごと》なのですから、ひとづきあいが苦手になるのもしかたがありません。

一ぴきのおばあさんヤマアラシが、注文《ちゅうもん》をつけています。

「白髪《しらが》には、しっかりすすをぬって黒くしてちょうだいね」

ほかのヤマアラシの声もきこえます。

「『ふわふわマシーン』の風を毛にあてるのは、もう終《お》わりにしていいかしら？ただでさえあついのに、もう限界《げんかい》。それにヤマアラシの毛は、いくらあてたって、ふわふわになんかならないわよ！」

この夏は暑《あつ》さがきびしく、熱気《ねっき》が立ちこめ、お客はみんなイライラしています。おばあさんヤマアラシが大声をあげました。

「ちょっと、そんなにひっぱったら、いたいじゃないの！」

ヒュンッ！

毛が一本ぬけてとんでいき、天井《てんじょう》につきささりました。みんな、はっと見あげました。あやうくからだにささりそうだったパーキンズさんは、思わず目を見ひらき、モナを見つめました。モナも、ぞっとして顔をしかめました。

スタッフの中でいちばん小さなモナは、いまのところ一本の毛にもさされていません。しかしティリーはもう二回さされています。そしてまた……。

「いたっ！　もう！　モナ、かわってくれる？」

ティリーはウェディングドレスをモナに手わたしました。傷《きず》をさするティリーのよこで、モナはチクリーさんのからだにドレスをかぶせました。しかし毛が二本、ドレスをつきやぶってしまい、チクリーさんは悲鳴《ひめい》をあげました。

「なんてこと！」

どうしよう、と思ったモナは、チクリーさんが悲鳴をあげたのはドレスのことではないのに気づきました。チクリーさんは手にしたリストを見つめ、大きく息《いき》をついていいました。

「これ以上《いじょう》お客《きゃく》がきたら、たいへんよ！」

「もう全員《ぜんいん》いらしてるんじゃないんですか?」

モナがきくと、ティリーはぐるりと目をまわしました。

「だといいんだけど」

チクリーさんは、こまりはてています。

「予定《よてい》より出席者《しゅっせきしゃ》がふえているのよ。これからまだくるんですって。だいじな結婚式《けっこんしき》に、予定外のことはあまり起《お》きてほしくないのに。ああ、たねいりマフィンは目のとどくところにならべておけばよかったわ。おじさんやおばさんたち、いとこはいま、何人きているのかしら？　マフィンはたりるかしら？」

そして部屋《へや》を見まわすと、声をひそめました。

「これだけ親戚《しんせき》がいれば、ひとりくらいは料理《りょうり》ができるだろうって思うでしょう？　でもね、ああ……。きょうのケーキ係《がかり》になっているおばさんは、たねをただゆでることさえ、めったにしないようなひとなのよ。どうなっちゃうのかしら！」

モナにしてみれば、おおぜいの親戚にあつまってもらって結婚式をひらけるなんて、こんなに幸《しあわ》せなことはないように思えます。モナが結婚式に出席するのは、これがはじめてです。もう何度《なんど》もホテルで結婚式をのぞいたことがあるティリーは、こういっていますが……。

「結婚式って、へんなイベントよ。だって、出席者がとつぜん泣《な》きだしたりするんだから」

たしかに、チクリーさんはこまり顔で、もう泣《な》きだしそうです。モナはいつものチクリーさんのように、やさしい声でいいました。

「しんぱいしなくてもだいじょうぶですよ。さあ、着《き》がえを終《お》わらせましょう」

モナとティリーは協力《きょうりょく》してドレスを着せようとしましたが、毛にひっかかり、ビリビリッとまっぷたつにやぶけてしまいました。チクリーさんは、わっと泣きだしました。そのとき、ヘンリーが入り口から顔をだしました。

「そこにいたんだね！」

ヘンリーはティリーの弟で、ホテルのベルボーイです。ヘンリーはチクリーさんにぶつからないようによけながら、モナとティリーのもとへやってきました。すこし毛にさされましたが、気にしていないようです。わくわくした顔で、赤毛のしっぽが背《せ》たけよりも高くぴんと立っています。

「ねえねえ、なにがあったと思う？」

そうふたりにきくと、答えもまたずにつづけました。

「すごいひとがきたんだよ！」

チクリーさんは、大きな泣《な》き声《ごえ》をあげていいました。

「まただれかきたの？」

「またヤマアラシのお客《きゃく》さま？」

げんなりしていうティリーに、ヘンリーはいきおいよくうなずいたかと思うと、首をよこにふりました。

「そうっていうか、ちがうっていうか……お客さまだけどヤマアラシじゃないんだ。それに結婚式《けっこんしき》にきたんじゃなくて……」

そしてモナを指《ゆび》さし、いいました。

「モナにあいたいって！」

予想《よそう》もしない知らせに、モナは耳をうたがいました。

2 思いがけないお客《きゃく》

（わたしにあいたいお客さまって、だれ？）

一階《かい》へと階段《かいだん》をくだりながら、モナは心の中でつぶやきました。ホテルの幹《みき》には、星のバルコニーや特別室《とくべつしつ》のある最上階《さいじょうかい》から地下までつづく、らせん階段があります。森いちばんの大木につくられたホテルで、鳥や哺乳類《ほにゅうるい》、虫など、さまざまな動物《どうぶつ》にあわせた客室があります。

しかしどんな動物を思いえがいても、自分をたずねてやってくるお客に心あたりはありません。

友だちになったわずかなお客とスタッフのほかに、知りあいなどいないのです。ロビーにたどりついたモナは、足を止めました。そこには美容室《びようしつ》とおなじくらいおおぜいのヤマアラシがあつまっていたのです。とげとげのお客たちは、

かざりつけの道具《どうぐ》や荷物《にもつ》をかかえ、ぺちゃくちゃおしゃべりをしながら、押《お》しあいへしあいしています。

ロビー全体《ぜんたい》が、結婚式《けっこんしき》のあとのパーティーのためにかざりつけられています。受付《うけつけ》カウンターにはチクチクしたむらさきのアザミが、玄関《げんかん》ドアの上には青いアザミがつけられています。

乾燥《かんそう》した、あつい夏には火《ひ》の気《け》はあぶないと、オーナーのアナグマ、ハートウッドさんはスタッフに、室内で火をつかわないように指示《しじ》しています（キッチンはべつですが、料理《りょうり》はサラダを中心にし、できるだけ火をつかわないようにしています）。暖炉《だんろ》にも火はいれず、かわりに炎《ほのお》のようにあざやかなアザミの束《たば》をいれています。暖炉のまえに、一ぴきのお客《きゃく》が立っています。ヘンリーのいうとおり、ヤマアラシではありません。

ネズミです！

秋、冬、春と、モナはもう何か月もこのホテルではたらいてきましたが、ネズミのお客を見たことはいちどもありません。ずっとまえにいちど、ネズミのお客《きゃく》が泊《と》まったことがあるという話は、ハートウッドさんにきいています。モナのお父さんとお母さんです。ふたりはモナが生まれるまえ、しばらくハートウッドホテルに泊まっていて、ホテルの入り口のハートの印《しるし》は、そのときお父さんが彫《ほ》ったものだそうです。

それなのにどうしてとつぜん、ネズミのお客がやってきたのでしょう。モナになんの用でしょう？　ひょっとして、お母さんたちの知りあいなのでしょうか？

目のまえのネズミは、うしろにおしゃれなピンクのリボンのついた、大きな麦《むぎ》わら帽子《ぼうし》をかぶっています。『マッチ』と文字のある箱《はこ》でつくられた、めずらしいカバンを手にしています。まるめた『まつぼっくり新聞』をうでにかかえ、暖炉《だんろ》の上の文字を見てうなずいています。

キバもかぎづめも、ここではないもおなじ
みなさまを守《まも》り、敬《うやま》う心とともに

モナはうしろから歩みより、声をかけました。
「そちらは、ホテルのモットーです。いらっしゃいませ。わたしをおさがしだとうかがいましたが？」
ネズミはふりむくと、ほほえみました。見おぼえのない顔ですが、どこか親《した》しみを感《かん》じます。モナよりずいぶん年上のようで、からだの毛は白髪《しらが》まじりですが、つやがあります。やさしそうな目をしていて、白い手ぶくろをつけ、ハートの形にけずられたたねがさがった、ペンダントをしています。モナは自分もおしゃれをしていてよかった、と思いました。

ネズミは手ぶくろをはずし、手をさしだすと、ゆったりとやわらかい声でいいました。

「ごきげんよう。あなたがモナさんですね？　おうわさはきいております」

「え？　……そうなんですか？」

モナは握手《あくしゅ》しました。ネズミはつまさきから顔までモナのすがたをながめてから、感慨《かんがい》ぶかそうに、

「ええ。その……」

と言葉《ことば》をつまらせ、しばらくしていいました。

「ずいぶん……おわかいのですね。やっぱり……。ここでずっとメイドをされているんですか？」

なぜかさいごは、なにかをごまかすように早口に質問《しつもん》され、モナはこたえました。

「いいえ、去年《きょねん》からです」

「では、それまではご両親《りょうしん》といっしょに？」

どうしてそんな質問《しつもん》をされるのだろうと、モナは疑問《ぎもん》に思いながらもこたえました。

「いいえ。両親は……ずいぶんまえに亡《な》くなったんです。ですから、わたしには家族《かぞく》がいません」

ネズミは、ペンダントのハートにそっとふれました。

「まあ、そうなんですね……。まちがいないわ……。立ちいったことをうかがってしまい、申《もう》しわけありません」

まちがいない、というのがなんのことなのかはわかりませんが、心から同情《どうじょう》しているのが伝《つた》わってきました。

「いいえ、お気になさらないでください。いまは、このハートウッドホテルがわが家なんです」

ネズミはうなずいていいました。

「おうわさどおりの、すばらしいメイドさんですね」

　モナは、ぽっとほおを赤らめてたずねました。

「ところで……お名前をうかがってもよろしいでしょうか？」

「わたしはストロベリーと申《もう》します。ゆか下ホテルからまいりました」

「ゆか下ホテル？」

「ええ。ごぞんじないですか？」

　ストロベリーさんは、がっかりしたようです。

　そのときとつぜん、声がしました。

「もちろん、ぞんじておりますよ！」

　受付係《うけつけがかり》のトカゲ、ジルさんです。ジルさんは二ひきのヤマアラシのあいだから顔をだし、緑《みどり》の蝶《ちょう》ネクタイをととのえました。

「ゆか下ホテルはネズミなど、村で暮《く》らす小さな動物《どうぶつ》のための高級《こうきゅう》ホテルでございますね！　人間の住《す》む家のゆか下をホテルにしてしまうとは、すばらしい

アイデアです。しかし、人間のいるところでホテルをいとなむのは、見つかる危険《きけん》があるのでは？」

「スタッフは訓練《くんれん》をつんでいますし、つねに細心の注意《ちゅうい》をはらっておりますので、だいじょうぶです」

「スタッフの方におあいできて光栄《こうえい》です。優秀《ゆうしゅう》なネズミのメイドを十二ひきもやとっているというおうわさは、ほんとうでございますか？　なんと、すばらしいことでしょう！」

ジルさんがいそがしく舌《した》を出し入れしながらきくと、ストロベリーさんは、ほおを染《そ》めました。

「ええ、優秀なネズミのメイドはみな、ゆか下ホテルではたらいていると思っておりましたから、モナさんのうわさを耳にし、おどろきました」

ジルさんはチッチッといたずらっぽく舌打《したう》ちをし、モナの肩《かた》をぽんとたたいていいました。

「おっと、みょうな気を起《お》こしていただいてはこまりますよ。モナくんは、わがホテルのじまんのスタッフなのです。そちらのホテルにひきぬこうなどと、お考えになりませんように」

うれしい言葉《ことば》に、モナはまたほおを赤らめました。ハートウッドホテルをでていくなんて、ぜったいにいやです。たいせつなわが家なのですから。ストロベリーさんはいいました。

「もちろん、そのようなことは考えておりません。ただモナさんにお目にかかり、評判《ひょうばん》のハートウッドホテルをじかに拝見《はいけん》したかったのです。これまでも休暇《きゅうか》のたびに、こちらへ足をはこぼうかと考えてはいたのですが、なかなか村のそとにでる勇気《ゆうき》がなく、実現《じつげん》できずにおりました。森は、おそろしいところでもありますから」

明るい日の照《て》らす夏のいま、森がこわいといわれてもなかなかうなずけないモナですが、森で生まれそだったモナと、村で暮《く》らすストロベリーさんでは感覚《かんかく》がちがうのでしょう。ストロベリーさんはつづけました。

「『まつぼっくり新聞』にハートウッドホテルのすばらしい記事《きじ》が掲載《けいさい》されて

いるのを、ゆか下ホテルのスタッフ一同、拝見《はいけん》しました。それでいっそう興味《きょうみ》を持ちまして、じっさいに目にすれば、よいホテル運営《うんえい》のアイデアをえることができるかと……」

ジルさんが顔をしかめたのに気づき、ストロベリーさんはあわててつけくわえました。

「もちろん、アイデアだけです。オーナーのハートウッドさんさえよろしければ、モナさんにホテルを案内《あんない》していただけるとありがたいのですが」

ハートウッドさんなら、ほかのホテルのために協力《きょうりょく》しようとするはずです。ついこのあいだも、ベンジャミンという名の友だちのビーバーが『ビーバーロッジ』をオープンさせるのを、手伝《てつだ》いにいっていたのです。水の中や水辺《みずべ》で暮《く》らす動物《どうぶつ》のためのホテルです。

「よろこんで、そうさせていただきたいのですが……」

モナが切りだすと、ジルさんがあとをつづけました。

「しかし本日、当ホテルではコックの結婚式《けっこんしき》があるのです。お相手《あいて》はお客《きゃく》さまでございまして。スタッフがお客《きゃく》さまと結婚《けっこん》するというのは、きわめてめずらしいことなのですが、恋《こい》するふたりを止めることはできませんからね。これほど盛大《せいだい》な結婚式は当ホテルはじまって以来《いらい》でして、ハートウッドは庭園《ていえん》の準備《じゅんび》中《ちゅう》で手がはなせないところでございます。わたくしも、これで失礼《しつれい》させていただきます。おなじようにホテルにおつとめでしたら、ご理解《りかい》いただけますね？　チェックインのお手つづきは、モナがうけたまわります」

おじぎをしたジルさんは、小さなヤマアラシの女の子がインクのついたペンをいくつも手にし、ゲストブックに手をかけたのを見つけ、止めに走っていきました。モナはストロベリーさんを案内《あんない》しました。

「こちらへどうぞ。お部屋《へや》のかぎを取《と》ってきますね。それと、わたしも用事《ようじ》がありまして、かぎをおわたししたら失礼します。花嫁《はなよめ》の着《き》つけの手伝《てつだ》いをしなければいけなくて。ちょっと、手こずっているものですから」

そのときとつぜん、さけび声がしました。

「火事《かじ》だ！　火事だ！」

3 だいなしになったケーキ

「火事《かじ》だー！」

声の主《ぬし》は、おおぜいのヤマアラシをかきわけて、すがたをあらわしました。チクリーさんのおじのトゲトゲさんです。全身《ぜんしん》の毛がさか立っています。モナの毛もさか立ちました。ハートウッドさんはじめ、スタッフはなにより、森の火事をおそれているのです。しかしトゲトゲさんをよく見ると、チクリーさんのエプロンをつけて、からだが粉《こな》だらけになっています。森ではなく、キッチンで火事が起《お》きたのです。モナは、さけびました。

「ウェディングケーキが！」

そしてヤマアラシたちの毛のあいだをすりぬけ、階段《かいだん》をおりてキッチンへむかいました。近づくにつれ、煙《けむり》のにおいが強くなってきます。トゲトゲさんも、

うしろからかけてきます。

キッチンに足をふみいれたとき、ボン！　と音がし、奥《おく》の暖炉《だんろ》からもくもくと煙《けむり》があがりました。煙をよけて目をこらすと、暖炉のまえにチクリーさんのおばのチクチクさんがいるのが見えました。なべつかみのかたほうを頭にのせ、もうかたほうであおいで、煙をちらそうとしています。なべつかみを、帽子《ぼうし》やうちわとかんちがいしているのでしょうか？　あおいだせいで、火はいっそう大きくなっています！

モナは目を細めて、けむる室内を見まわし、火を消《け》す道具《どうぐ》はないかとさがしました。しかしちらかっていて、どこになにがあるのかわかりません。いつもスタッフが食事《しょくじ》をする大テーブルは、ドングリ粉《こ》と、ケーキづくりにつかうバターと、あちこちに手をついたあとでいっぱいです。ゆかにはスプーンやたねがちらばり、貝がらでできた流《なが》しにはなべやフライパンがつまれています。モナはようやく、よごれた水のたまったボウルを見つけて手に取《と》り、暖炉の火にかけました。

ザバッ！

ジュッ！

シューッ……

もわっと大きな煙《けむり》があがり、あたりに充満《じゅうまん》しました。モナは息《いき》を止め、目を細めました。みんなのすがたが見えなくなりました。

やがてすこしずつ煙がちり、火が消《き》えているのがわかり、ほっとしました。

「ああ、よかった！」

しかしチクチクさんは、その名前のようにするどい声をだしました。

「まあ、どうしましょう！」

モナはいいました。

「だいじょうぶですよ、火は消えました。見てください」

しかしチクチクさんは、いっそう大きな声でいいました。

「全然《ぜんぜん》だいじょうぶじゃないわ！」

そして暖炉《だんろ》の中の石の板《いた》を指《ゆび》さしました。そこには、火の消《き》えた石炭《せきたん》とおなじくらい大きな、なにかのかたまりが……。

びしょぬれになったウェディングケーキです！　モナは口ごもりました。

「で、でも……わたしは火を消そうと思って……火事《かじ》になるといけないし……ケーキが燃《も》えていたから……」

「そりゃ、ケーキは燃えるわよ。焼《や》いているとちゅうだったんだから、火はつくに決《き》まっているじゃない。トゲトゲが、おおげさにさわいだだけよ。わたしのこと、料理《りょうり》がへただと思いこんでいるんだから。トゲトゲだけじゃないわ、みんなそう！　せっかくおいしくつくっていたのに、だいなしよ！」

チクチクさんの毛はさか立ち、頭にかぶっているなべつかみをつきやぶりました。そのとき、

「だいなしですって？」

とピリピリした声がとんできました。スタッフの中でいちばんきびしい客室係《きゃくしつがかり》のハリネズミ、ヒギンズさんがキッチンにはいってきたのです。

「モナのおかげで、ホテルは火事《かじ》にならずにすんだんですよ。それなのに、なんてことをおっしゃるんです！　この季節《きせつ》は乾燥《かんそう》していますから、火のあつかいには、いつにも増《ま》して注意《ちゅうい》しなければならないんです」

腕組《うでぐ》みをしたヒギンズさんに、チクチクさんはいいかえしました。

「でも、ケーキを焼《や》いているところだったのに！」

するとヒギンズさんは、ぴしゃりといいました。

「焼くのはけっこうです。でも、火がふきだしていたじゃないですか！」

「みんな、わたしをわるくいうんだから。もういやよ！」

チクチクさんは、わっと泣《な》きだしました。そして、穴《あな》だらけになったなべつかみを頭からなんとかはずすと、テーブルにほうりなげ、キッチンからとびだしていきました。トゲトゲさんがあわてておいかけます。

ヒギンズさんは大きく息《いき》をはき、でていくふたりにいいはなちました。

「どうぞお好《す》きに！　あんなにとげとげしいヤマアラシ、見たことないわ」

モナはききました。

「でもヒギンズさん、ケーキはどうしましょう？　だれに焼《や》いてもらえば……」

ヒギンズさんも顔をくもらせました。

「そうね……」

そのとき、声がしました。

「わたしが焼きましょうか？」

キッチンの入り口に、大きな麦《むぎ》わら帽子《ぼうし》をかぶったネズミが立っていたのです。ストロベリーさんです！　ストロベリーさんは、ためらいながらも中へはいってきました。

「こちらへは休暇《きゅうか》をすごすためにやってきたのですが、手がたりないようでしたらお手伝《てつだ》いいたします。ゆか下ホテルでも、いつもつぎからつぎにトラブルが起《お》きるんですよ。わたしはとくに、台所仕事《だいどころしごと》がとくいなんです」

「ゆか下ホテルですって？　評判《ひょうばん》は耳にしていますが……お客《きゃく》さまに手伝って

いただくわけには……」

ヒギンズさんはことわりかけましたが、意外《いがい》にも首をふって、こうつづけました。

「でもいまは、ルールにこだわっている場合《ばあい》じゃないわね。ほんとうなら、ケーキは一時間まえにはつくり終《お》えているはずだったのだから。ほんとうに、おまかせしてだいじょうぶですか？」

ストロベリーさんがうなずいたのを見て、モナはにっこりしました。

「それはたいへん助《たす》かります。どうぞ、こちらへいらしてください。モナ、なにがどこにあるか、教えてさしあげてね」

ヒギンズさんはそういうと、ため息《いき》をつき、去《さ》りぎわにつぶやきました。

「結婚式《けっこんしき》って、ほんとうにたいへんね。わたしたちは結婚を親に反対《はんたい》されて、家をとびだしてふたりだけで結婚したから、式はひらかなくてすんで、かえってよかったわ。なにもかも、気を張《は》りつめて準備《じゅんび》しなくちゃならないし」

ストロベリーさんは帽子《ぼうし》をぬぎ、モナは自分とストロベリーさんのエプロンを用意《ようい》して、ふたりでケーキづくりに取《と》りかかりました。

モナはこれまで、いちどしか料理《りょうり》を手伝《てつだ》ったことはありません。そのときは、虫のお客用《きゃくよう》の小さなお菓子《かし》をつくるため、小さなネズミのモナの手が役立《やくだ》ったのでした。モナがとくいなのは、料理よりもそうじと使《つか》い走《ばし》りです。物置《ものおき》からドングリ粉《こ》やつみ立てのベリーをはこんだり、ハチの巣《す》からハチミツをはこんだり。ホテルの幹《みき》の中ほどには、ぽっかりとあいたこぶがあり、その中にハチの巣があります。ハチの群《む》れをひきいる女王バチのルビーは男勝《おとこまさ》りで、みんなに「ルビー女王」ではなく「ルビー隊長《たいちょう》」とよばせています。

モナがケーキの材料《ざいりょう》をあつめてくると、ストロベリーさんは分量《ぶんりょう》をはかってボウルにいれ、まぜはじめました。

手もちぶさたになったモナは、そうじをはじめました。タンポポをさかさまにしたほうきでゆかをはきながら、ストロベリーさんにハートウッドホテルのことをすこし話しました。すぐにそうじは終《お》わり、きれい好《ず》きなチクリーさんがいつもつかっているとおりのキッチンにもどりました。

ナッツのあまい、ふくよかな香《かお》りも立ちこめてきました。ストロベリーさんは暖炉《だんろ》の石の板《いた》の上で焼《や》けていくケーキを、じっと見つめています。モナはいいました。

「おいしそうですね」

「わたしのとくいな、ベリーベリーショートケーキです。つくることはあまりないのですが。ふだんは、ゆか上から食《た》べ物《もの》をあつめてくるものですから」

「あつめる?」

「ええ。テーブルやいすの下から、スタッフが交代《こうたい》で食べ物のくずをあつめてくるんです。それを仕分《しわ》け係《がかり》がよりわけて、コックがシナモンや砂糖《さとう》をトッピングしてお客《きゃく》さまにおだしします。でもわたしは器用《きよう》なので、一からつくるほうが好《す》きなんですよ」

モナのお母さんも器用だったときいたことがあります。モナはなんだかうれしくなって、ぶるっと身《み》ぶるいしました。ストロベリーさんはつづけます。

「キッチンは、わたしのお気にいりの場所《ばしょ》なんです」

「わたしもです」

ティリーにはじめてあったのも、オヤスミ聖人《せいじん》のパーティーを楽しんだのも、このキッチンでした。

「居心地《いごこち》がいいし、安全《あんぜん》ですよね。まあ、安全というのはすくなくともゆか下、かべのなか、ホテルでは、ですけれど」

ストロベリーさんはそういって、チクチクさんのケーキにちらりと、いたずらっぽい視線《しせん》をなげました。ふたりは、そろってふきだしました。ストロベリーさんのほおひげが、くるんと丸まりました。

「さあ、できましたよ。ケーキが焼《や》きあがると、ほおひげがカールするのでわかるんです」

そして、なべつかみを手にはめると、石の板《いた》からケーキを持ちあげました。モナは置《お》く場所《ばしょ》をあけようと、テーブルの上のストロベリーさんの帽子《ぼうし》をさっと取《と》りました。小さな満月《まんげつ》のようなケーキに見とれてしまいます。

すこし時間をおいてから、ストロベリーさんはケーキに器用《きよう》にナイフをいれ、ハートの形にととのえました。そして、けずっていらなくなったところをモナの手にのせました。

「ここがおいしいんですよ。味見《あじみ》してみてください」

ほおばると、イチゴとハチミツをねりこんだケーキが舌《した》の上でとろけ、うっとりしました。

「すこしさましてクリームをぬれば完成《かんせい》ですよ。晴れの日に、花嫁《はなよめ》さんをおまたせしてはいけませんからね」

花嫁さんといえば！

モナは、チクリーさんのやぶれたウェディングドレスを思いだし、すっかりわすれていた自分にあきれてしまいました。トラブルを解決《かいけつ》するのは、ティリーはとくいではありません。きっとかわりのドレスをさがして、ホテルじゅうをかけまわっていることでしょう。しかしヤマアラシはおおぜいいるといっても、たまたまウェディングドレスを持ってきているお客《きゃく》などいないはずです。

（どうしよう……）

モナはふと、手にしている麦《むぎ》わら帽子《ぼうし》に目を落《お》としました。はなやかなリボンがゆれています。

（そうだ！　あたらしいドレスはなくても……）

モナは顔をかがやかせました。

4　かわりのコック

美容室《びようしつ》へいってみると、さっきまでヤマアラシがひしめきあっていた室内には、しずんだ顔のチクリーさんとティリーだけが、ぽつんと立ちつくしていました。モナに気づくと、ティリーは大声でいいました。

「どこにいってたの？　三人のお客《きゃく》さまが一着《ちゃく》ずつドレスをかしてくださったけど、ほら！」

ティリーが指《ゆび》さすさきで、びりびりにやぶれたドレスが三着、ゆかにちらばっているのを見ると、モナはいいました。

「ごめんね、ちょっとトラブルがあって。でももう、しんぱいいらないわ」

「そんなわけないじゃない。ドレスはめちゃくちゃなのよ！」

「ううん、いい考えがあるの」

モナとティリーがチクリーさんとともに庭《にわ》にでると、ちょうど演奏《えんそう》がはじまりました。大きなハートの形に編《あ》みこまれたブラックベリーとラズベリーのつたが正面《しょうめん》にあり、コケむした通路《つうろ》のわきにはアザミの鉢植《はちう》えがならんでいます。

モナとティリーはスタッフの列《れつ》にもぐりこみ、キノコのいすにすわりました。こんなに着《き》かざったスタッフを見るのははじめてです。ハートウッドさんはシルクハットをかぶり、ヒギンズさんはレースのハンカチを手にし、そのご主人《しゅじん》で庭園係《ていえんがかり》のミスター・ヒギンズは、からだの毛に花をさしています。

花嫁《はなよめ》のチクリーさんがバージンロードを歩いてくると、「わあっ！」と歓声《かんせい》があがりました。ウェディングドレスすがたではありません。ほかのドレスを身《み》につけているわけでもありません。ドレスのかわりに、からだじゅうの毛にあざやかなリボンをむすびつけているのです。たくさんのリボンをむすぶのはたいへんで、モナの手はまだずきずきしていますが、その価値《かち》はありました。

優雅《ゆうが》にゆれるリボンをまとった花嫁《はなよめ》すがたは、とてもはなやかです。新郎《しんろう》のトゲソンさんがぽろぽろとなみだをこぼすのを見て、どうしてだろうとモナはふしぎに思いました。

「トゲソンさんの反応《はんのう》も、ばっちりね」

ティリーがそうつぶやいたので、いっそうわけがわからなくなりました。

(結婚式《けっこんしき》って、よくわからないものね。でもほんとうにすてき!)

小さな男の子のヤマアラシが、自分の毛に指輪《ゆびわ》をふたつはめてバージンロードを歩き、新郎新婦《しんろうしんぷ》のもとまで落《お》とさずにたどりつけたときには、みんな歓声《かんせい》をあげました。そして新郎新婦はキスし、また歓声があがりました。ヘンリーだけは、恥《は》ずかしそうにそっぽをむいていましたが。そんなヘンリーも、ケーキがくばられる時間になると「わーい!」とはしゃいで、先頭《せんとう》にならびました。

お客《きゃく》もスタッフも、ストロベリーさんのベリーベリーショートケーキに舌《した》つづみを打《う》ちました。いつもコックとしてケーキをつくっているチクリーさんも、ひと口ほおばると目を見ひらきました。

「このケーキをつくった方に、新婚旅行《りょこう》のあいだ、わたしのかわりにコックをしていただけないかしら?」

モナも大賛成《だいさんせい》です。ストロベリーさんは、ほおを赤く染《そ》めていいました。

「わたしでよろしければ。休暇《きゅうか》のあいだだけですが」

ハートウッドさんが進《すす》みでて、おかわりをもらおうと皿《さら》をさしだしながらいいました。

「ありがたき幸《しあわ》せ。チクリーくんのいないあいだ、コックとしてなにとぞ、よろしくおねがいいたします」

そのとたん、雨がふりだしました。ファーンウッドの森がかなでる音楽のように、雨音がひびき、地面《じめん》をうるおしていきます。

モナはキノコの下にかけこみました。ひさしぶりの恵《めぐ》みの雨に、みんなも笑《わら》い声《ごえ》をあげながら、雨やどりできる場所《ばしょ》をさがして走っています。毛のぬれた新郎新婦《しんろうしんぷ》、ヘンリーとティリー、そして小さな男の子からひいおじいさんまで、さまざまな年齢《ねんれい》のヤマアラシの親戚《しんせき》たち……家族《かぞく》のきずながあちこちにあるのに気づき、モナはほほえんでケーキを食べ終《お》えました。ティリーも、となりにかけてきました。といっても、モナのケーキをねらっておってきたわけではありません。ぐちをいいにきたのです。

「ヘンリーはどろあそびが好《す》きだから、こまっちゃう。だれにも、どろがかからないといいんだけど。あのすてきなネズミのお客《きゃく》さまにかかったりしたら、たいへん！」

その視線《しせん》のさきではストロベリーさんが、木の下で二ひきのヤマアラシにはさまれ、雨やどりをしています。

「せっかくの休日にコックの仕事《しごと》をしてくれるなんて、どうしてかしら。ふつうはいやがるわよね？」

「ハートウッドホテルからホテル運営《うんえい》のアイデアをもらいたいそうだから、ちょうどよかったんじゃない？　ストロベリーさんは、ゆか下ホテルのスタッフなの」

「ゆか下ホテル？　優秀《ゆうしゅう》なネズミのメイドはみんな、あそこでやとわれているってきいたわ。もちろん、モナはべつよ」

ティリーはまゆをあげて、つづけました。

「ねえ、あのひと、モナをゆか下ホテルにひきぬくつもりかな？」

モナはほおひげをピクッとふるわせ、こたえました。

「ジルさんもそういっていたわ。でもちがうと思う」

ストロベリーさんは、そんなことをするひとには見えません。ティリーはうなずき、またストロベリーさんに視線《しせん》をなげました。

「あのひと、モナにちょっとにてるわよね。ひょっとして……」

「親戚《しんせき》なのかしら、って？」

モナはささやきました。ひょっとしたら……という思いは、どんなケーキよりもあまくモナを満《み》たしました。モナはもう、いろいろなものを手にいれてきました。すてきなわが家に食《た》べ物《もの》、そして親友――ぐちっぽい親友ですが。しかし家族《かぞく》や親戚は、ひとりもいません。

さっきストロベリーさんがモナにした質問《しつもん》を、思いかえしました。そして器《き》用《よう》だということも。しかしモナは首をふりました。

「ちがうと思うわ。だってもし親戚だったら、そういうはずでしょ？」

すると、まるでモナの疑問《ぎもん》にこたえるかのようにピカッと稲妻《いなずま》が光り、木々を照《て》らしました。雷《かみなり》です。何千びきものホタルがいっせいにまたたいたかのようです。モナは息《いき》をのみました。しかしその答えがイエスなのかノーなのか、それは知るよしもありません。

答えのわからない疑問《ぎもん》をいだきながらホテルにもどったモナですが、ロマンチックなバンドの演奏《えんそう》が耳にはいるとききほれてしまい、いつしか疑問は頭から消《き》えていました。

チクチクの手を　つなごう
ぼくのかわいい　ヤマアラシちゃん

モナは夜ふけまで、くたくたになるまでティリーとダンスしました。合間にさりげなくストロベリーさんを見つめ、自分とにているところがあるか、さがしました。そういえばストロベリーさんの鼻《はな》も、モナとにて、つんとしています。

ダンスしていないのはハートウッドさんだけです。

「わたしのような年老《としお》いた者《もの》は、こうしてながめているだけでまんぞくなのだよ」

冷《ひ》やしたハチミツをなめながらそういっていましたが、さいごの絵にはおさまりました。結婚式《けっこんしき》のあいだ、絵描《えか》きのヤスデが、みんなのようすを何枚《なんまい》もの絵におさめていましたが、さいごにスタッフ全員《ぜんいん》のそろった絵を描いてもらおうと、ハートウッドさんがいいだしたのです。

「全員のすがたをおさめ、ホテルのかべにかざろう」

だれがどこに立つかを決《き》めるまでもなく、みんながしぜんとハートウッドさんのもとにあつまり、絵におさまりました。ヤスデは数十本もの手足にそれぞれペンをにぎり、目にも止まらない速《はや》さで描《か》いていきます。

「そうそう、いいですよ、みなさん。すぐに描きあげますからね」

するとティリーが声をあげました。

「ヘンリー、もじもじしないの！」

「ちがうよ、フランシスがきたっていおうとしただけ！」

ヘンリーのいうとおり、子ジカのフランシスがやってきました。絵が完成《かんせい》すると、チクリーさんとトゲソンさんは新婚旅行《しんこんりょこう》に出発《しゅっぱつ》しました。ふたりをのせた馬車をフランシスがひいていきます。馬車のうしろにむすびつけられたリボンがしだいに遠のいていき、ほおひげほど細くなってしまうまで、モナは見守《みまも》っていました。チクリーさんがいない日々は、きっとさびしくなるでしょう。

そんな心を見すかしたように、ハートウッドさんがモナの肩《かた》に手を置《お》きました。

「モナくん、安心したまえ、すぐに帰ってくるのだから。トゲソンくんはホテルのよき一員《いちいん》となってくれるだろう。なにしろ、医者《いしゃ》だというのは心強い。これからはケガをしても、すぐにみてもらえるな」

そして、にっとわらいました。ホテルではたらくようになってから、モナはよく、すり傷《きず》をつくっていたのです。

「結婚式《けっこんしき》は、家族《かぞく》の輪《わ》がひろがるきっかけとなるものだ。輪がこれからどうひろがっていくか、それはだれにもわからぬのだよ」

ハートウッドさんがチクリーさんのあたらしい家庭《かてい》のことをいっているのは、わかっていました。しかしモナは、あとかたづけをはじめたストロベリーさんに、そっと目をやりました。

(これから、ストロベリーさんとわたしの家族の輪ができるのかもしれない)

その思いは、小さくあざやかなリボンのように、ふんわりと胸《むね》ではずみました。

5 ハチドリのハーモニーさん

その日、スタッフはみんな夜どおし起《お》きていて、朝日が顔をだすころ、ようやくベッドにはいりました。

目のさめたモナが、まだねむい目をこすりながらキッチンへいくと、みんなも寝《ね》ぼけまなこで、パジャマすがたのままのスタッフまでいました。ただ、ストロベリーさんだけはきびきびとはたらき、全員《ぜんいん》の朝ごはんを用意《ようい》していました。花や星の形をした*ハックルベリー・パンケーキです。モナには、とくべつにハート形のものをつくってくれました。

「どうぞ、モナちゃん」

それを見たティリーはモナをつついて、意味《いみ》ありげにささやきました。

「ね、やっぱり」

モナをとくべつあつかいするということは、やっぱり親戚《しんせき》なのでしょうか？　でもこれだけでは、はっきりとしません。

それから何日かは、結婚式《けっこんしき》のあとかたづけや、おおぜいのヤマアラシのチェックアウトでいそがしくすぎていきました。それが一段落《いちだんらく》すると、モナはストロベリーさんとふたりきりになれるチャンスをうかがいに、キッチンへいきました。ストロベリーさんのことを、もっと知りたかったのです。

しかしキッチンに何度《なんど》足をはこんでも、いつもほかのスタッフのすがたがあります。さいしょにようすを見にいったときには、ヘンリーがベリーベリーショートケーキをもっと食べたいと、おねだりしにきていました。二回目にいったときにはジルさんがいて、ゆか下ホテルには有名《ゆうめい》なオペラ歌手のモッツァレラ・ゴルゴンゾーラが宿泊《しゅくはく》したことがあるという話をストロベリーさんからきき、息《いき》をのんでいました。三回目にいったときには、ヒギンズさんがストロベリーさんにハートウッドホテルの日課《にっか》について相談《そうだん》しているところでした。

＊ハックルベリー　北アメリカのスノキ属《ぞく》の低木《ていぼく》の総称《そうしょう》。ブルーベリーににた果実《かじつ》はジュースやジャムにしたり、さまざまな料理《りょうり》に利用《りよう》される。

ストロベリーさんは、チクリーさんのキッチンはそのままに、ほんのすこし自分なりにアレンジしながらつかっています。毎朝、テーブルに花をかざったり、テーブルマットのふちにクモの巣《す》のレースをつけたり。きっとチクリーさんも気にいるでしょう。

みんな、ストロベリーさんのことが好《す》きになりました。もしモナの親戚《しんせき》なら、みんなが好きになってくれたほうがいいに決《き》まっています。

親戚だとわかる証拠《しょうこ》がないか、さがさずにはいられません。モナはまえに、速読《そくどく》がとくいなお客《きゃく》におねがいして、過去《かこ》のゲストブックに両親《りょうしん》の書いたページがないか、さがしてもらったことがありました。けっきょくありませんでしたが、手がかりはひとつ見つかりました。あるお客が、モナの両親についてこんな書きこみをしていたのです。

『おふたりに近しい方に村でおあいしたことがあると気づき、おどろきました』

「近しい方」とは親戚にちがいないと、モナは思いました。ストロベリーさんはモナよりだいぶ年上のようですから、いとこではないでしょう。おばさんでしょうか?

　モナは朝食のたびに、ストロベリーさんがハチミツ茶にひげのさきをひたし、温度《おんど》をたしかめているのに気づいていました。モナがいつもするのに、そっくりなしぐさです。しかし、ひょっとしたらネズミはみんな、そうするものなのかもしれません。モナはいままで、ほかのネズミと親《した》しくなったことがないので、わからないのです。

　ある朝ようやく、ストロベリーさんとふたりきりになることができました。ストロベリーさんは手紙を書くのにいそがしそうで、話しかけてもだいじょうぶか、まよいました。しかし、ちょうどそのとき、ストロベリーさんがつぶやいたのです。

「モナ……」

「はい」

へんじをしたモナに気づき、ストロベリーさんは顔をあげました。

「まあ、そこにいらしたんですね。気づきませんでした」

モナは、とまどいました。モナがいることに気づいていたから、名前をよんだのではなかったのでしょうか？　ストロベリーさんは小さな木の皮《かわ》の手紙を丸めると、ひもをかけてむすび、ききました。

「ゆか下ホテルに手紙をだしたいのですが、どこへ持っていけばいいでしょう？」

「ホテルのそとのポストにいれておけば、朝ごはんのあとに伝書《でんしょ》カケスが取《と》りにきます」

「ありがとうございます。モナちゃん、すみませんがポストにいれてきていただけますか？　ハートウッドさんは毎朝、ハチミツ茶をたくさんお飲《の》みになるでしょう？　まだハチミツをあたためていないものですから」

「いいですよ。よかったら、そのあと……」

「そのあと、すこしふたりでお話ししましょうね」

ストロベリーさんは、やさしくほほえみました。モナは手紙を手にキッチンをでて、一階《かい》へと階段《かいだん》をのぼりました。手紙には、どんなことが書いてあるのでしょう？　のぞいてみたい気持ちにかられましたが、そんなことをしてはいけないのはわかっています。他人《たにん》の手紙をのぞき見するのは、マナー違反《いはん》ですから。しかし気になって気になって、手もとの手紙に目を落《お》としながらロビーをよこぎり、玄関《げんかん》からでて……。

ドン！

だれかにぶつかり、顔をあげるとハートウッドさんでした。そのひょうしに、手紙は手からはなれてとんでいきました。ひもがほどけた手紙は、ぱっとひらいてコケむした地面《じめん》に落ちました。ひろおうと地面をはっていくと、ベリーの汁《しる》で書かれた文字が目にはいりました。

――やはり、あのモナでまちがいありません。

ドキッとしました。どういう意味《いみ》でしょう？　ハートウッドさんが声をかけました。

「モナくん、だいじょうぶかね？」

モナはあわてて手紙をひろうと、大きなからだのハートウッドさんを見あげました。まだナイトガウンすがたですが、もうネクタイをしめています。その手にも、手紙があるのに気づきました。

「だいじょうぶです。ストロベリーさんからあずかった手紙を、ポストにいれようと思って」

ドキドキしながら手紙を丸め、ひもをもとどおりの蝶《ちょう》むすびにしました。ハートウッドさんは、しぶい顔をしました。

「わたしも友人のベンジャミンに手紙をだそうと思っていたのだが、いささか問題《もんだい》が起《お》きてね」

「どうしたんですか？」

ハートウッドさんは、ポストを指《ゆび》さしました。ホテルの大木の葉《は》のすきまからさす朝日が、ポストを照《て》らしています。ポストは、中をくりぬいた木のこぶでできていて、手紙をいれる投函口《とうかんぐち》と、手紙を取《と》りだす小さなドアがあります。ドアをあけられるのは、伝書係《でんしょがかり》の鳥だけです。なぜか、ポストがガタガタとゆれています。ハートウッドさんはいいました。

「伝書係が中にいるのだよ。いったいどうしたことか。わたしはただ、なにかよい知らせはないかとたずねただけなのだが、それをきくなり、中にかくれてしまってね」

「中に？　伝書カケスがはいるには小さすぎますよね？」

ハートウッドさんはハンカチを取りだし、ひたいの汗《あせ》をふきました。

「きょうの伝書係はカケスではなく、ハチドリなのだよ。モナくんよりも小さい。中で泣《な》いているのではなかろうか。いったい、なににおびえているのだろう。モナくん、わかるかね？」

「いいえ。でも、きいてみますね」

小さなモナなら、ポストの中にはいって、きくことができます。

「ありがとう、モナくん」

モナはストロベリーさんの手紙をエプロンのポケットにしまい、ポストに取《と》りつけられた鳥用の止まり木によじのぼりました。止まり木は毎日、伝書係《でんしょがかり》の鳥がのるため、足でみがかれてつるつるになっています。足をすべらせないよう注意《ちゅうい》しながら、投函口《とうかんぐち》に身《み》をのりだしました。中の暗闇《くらやみ》に目がなれると、手紙の束《たば》のわきにハチドリがいるのがわかりました。なににおびえているのか、長いくちばしがふるえています。モナに気づくと、ぴかぴかの黒い目を大きく見ひらきました。

「だいじょうぶですか？」

モナはやさしくたずねましたが、へんじはありません。

「わたしはメイドのモナです。オーナーのハートウッドがあなたのことをしんぱいしていますので、かわりにようすを見にきたんです。ハチドリの伝書係さんにおあいするのは、はじめてです。めずらしいですね」

ハチドリは口をつぐんだままです。

「なにがあったのか、教えていただけませんか？」

ハチドリはようやく口をひらき、あわてたようすで早口でいいました。

「いいえませんん。とてもとても」

花の蜜《みつ》のようにあまい香《かお》りの息《いき》です。モナはていねいにききかえしました。

「すみません、もういちどいっていただけますか？」

するとハチドリは、今度《こんど》はすこしゆっくりいいなおしましたが、やっぱり早口なことにはかわりません。

「いえません」

そして、またとんでもない早口にもどり、小声でつづけました。モナはききとろうと、注意《ちゅうい》して耳をかたむけました。

「わるい知らせなので口にするのがこわいんです。わたしずっと伝書係《でんしょがかり》になりたかったんです。でもハチドリは小さいので大きな手紙ははこべ

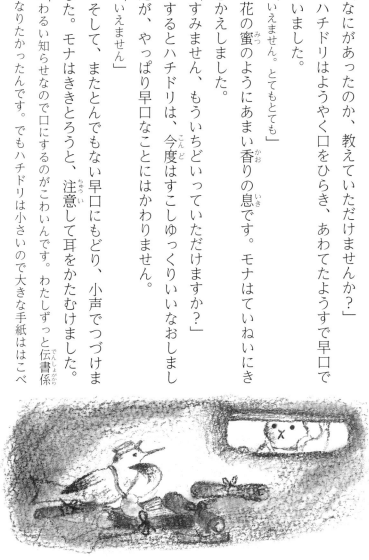

ません。だから羽《はね》をきたえようとトレーニングをしていたんです。小さいからって、できないわけじゃありませんから」

なんとかきき取《と》れたモナは、うなずきました。

「わたし、みんなを幸《しあわ》せにしたいんです。両親《りょうしん》がわたしに、ハーモニーという名前をつけたのにも、そういう願《ねが》いがこめられていますから、だから伝書係《でんしょがかり》になりたかったんです。みなさんに幸せな知らせをはこぶ仕事《しごと》だから。結婚式《けっこんしき》の招待状《しょうたいじょう》や誕生日《たんじょうび》のお知らせや行方不明《ゆくえふめい》の家族《かぞく》が見つかった知らせとか……」

行方不明の家族が見つかった知らせ——ストロベリーさんの手紙も、そうなのかもしれません。モナはいいました。

「わたし、幸せな知らせの書かれた手紙を持ってきたんです。たぶん、ですけど……」

「そうなんですか？」

ハーモニーさんはおどろき、すこしゆっくりとききかえしました。モナは手紙をポケットから取りだしました。蝶《ちょう》むすびのひもの華《はな》やかさが、幸せな内容《ないよう》の手紙だと証明《しょうめい》しているように思えます。ハーモニーさんは、くちばしで注意《ちゅうい》ぶかく手紙を受《う》け取《と》り、いいました。

「でも、おかえしできるようないい知らせはないんですよ」

「だいじょうぶですよ。いつだって、いい知らせもあれば、わるい知らせもあるものです。だからこそ、いい知らせをきくとうれしいんです」

「そう思います?」

モナはうなずきました。いままで考えたことはありませんでしたが、たしかにそうだと思ったのです。ハートウッドホテルにきてからというもの、こわい思いをしたことも何度《なんど》もありますが、とびきりうれしい瞬間《しゅんかん》もたくさんありました。

「わるいできごとも経験《けいけん》しなければ、せっかくいいできごとが起《お》きても、実感《じっかん》できないですよね?」

「……そうですね」

ハーモニーさんは顔をかがやかせましたが、すぐにおびえた顔にもどってしまいました。

「でもお伝《つた》えしなければいけないのは、ほんとうにほんとうにわるい知らせなんです」

声はしだいにふるえ、ごくりとつばを飲《の》みました。モナもつられて、つばを飲みました。ほんとうにほんとうにわるい知らせとは、いったいなんなのでしょう？　ハーモニーさんの話すスピードにも負《ま》けないくらいの速《はや》さで、モナは胸《むね》がドキドキしてきました。

「なにがあったんですか？　ハートウッドに知らせないと。ハーモニーさん、だいじょうぶですから教えてください。どんな知らせでも、あなたがわるいわけではありませんから」

ハーモニーさんは大きく息《いき》をすうと、小声でゆっくりと告《つ》げました。

「火事《かじ》です……ファーンウッドの森で、火事が起《お》きているんです」

6 幸運《こううん》な発見《はっけん》

「火事《かじ》？　どこから火がでたのだ？　いつ？」

ようやくポストからでて、もういちど、はっきりと知らせを伝《つた》えたハーモニーさんに、ハートウッドさんは矢《や》つぎ早《ばや》にききました。もう日は高くのぼり、木《こ》もれ日《び》が地面《じめん》を黄色く筋《すじ》のように照《て》らすさまは炎《ほのお》のようです。

ハーモニーさんはモナを不安《ふあん》そうに見つめました。まさかこんなにわるい知らせだとは、モナも予想《よそう》していませんでした。しかし、勇気《ゆうき》をふりしぼっていいました。

「ハーモニーさん、くわしく教えてください」

ハーモニーさんは早口でいいました。

「大きな雷《かみなり》が落《お》ちてきたんです」

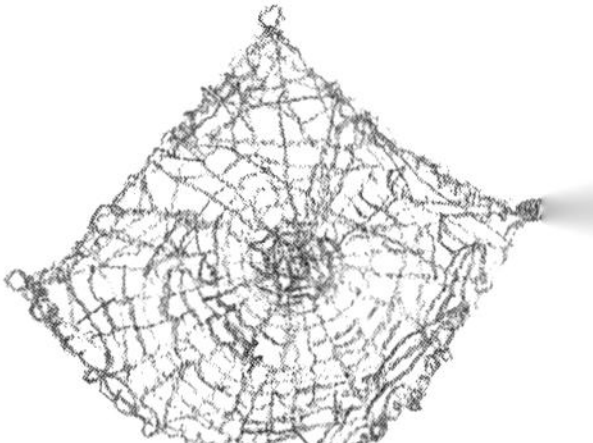

結婚式《けっこんしき》のさいちゅうに見えた、あの雷《かみなり》です！　いっせいにホタルがまたたいたかのような稲妻《いなずま》を美《うつく》しいと思いましたが、美しいだけでなく、おそろしい光だったのです！　雷が木に落《お》ち、火がついたのでしょう。モナはまるで、からだに雷が落ちたかのように全身《ぜんしん》の毛がさか立ちました。

「どこに？」

たずねるハートウッドさんに、ハーモニーさんはこたえました。

「森のはずれの丘《おか》です」

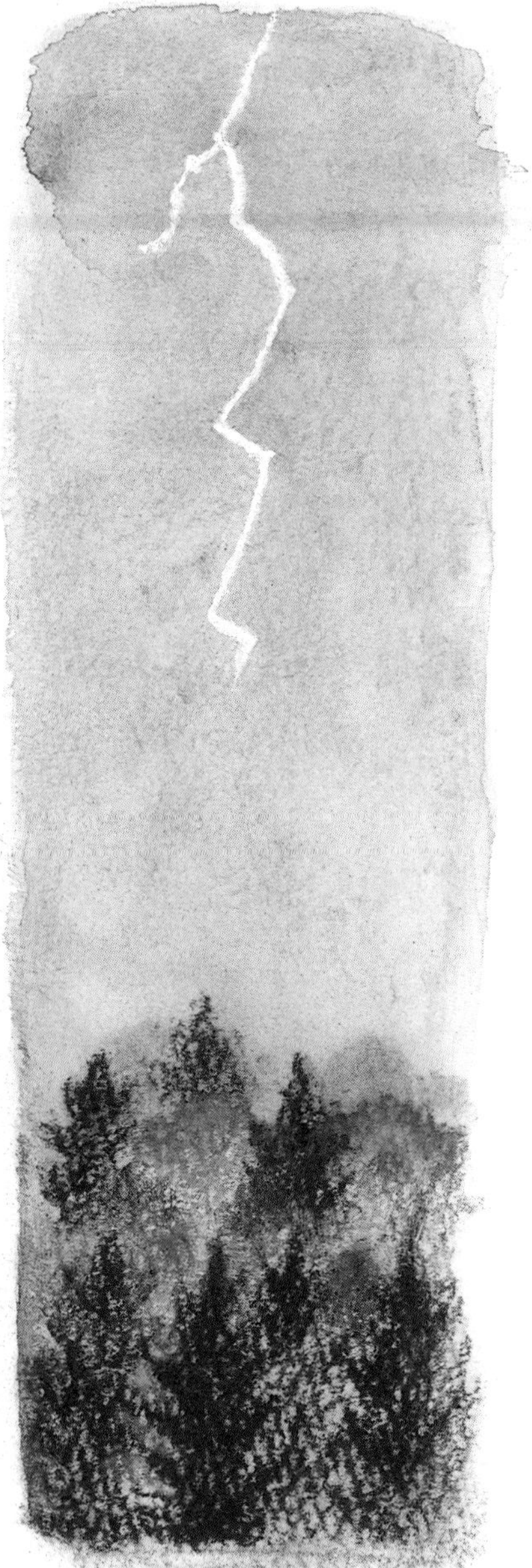

するとハートウッドさんのあらい息《いき》がすこしおさまり、モナは、ほっとしました。

「丘《おか》は、はるかさきだ。雨がふれば、そのうち火は消《き》えるであろう。ここまで燃《も》えひろがるとは考えづらい。しかし念《ねん》のため、ホテルのみなに知らせておかなければ」

「わたしが知らせてまわります。伝書係《でんしょがかり》ですから」

さっきまでおじけづいていたハーモニーさんが凛《りん》としていったので、モナはおどろきました。しかしハートウッドさんは、きっぱりといいました。

「いや、わたしが知らせる。きみは森の住人《じゅうにん》たちに知らせてくれ。たとえ遠くても、たいへんな事態《じたい》であることにかわりはない。知らせてくれてありがとう」

ハーモニーさんは意《い》を決《けっ》したように黒い瞳《ひとみ》をきらりと光らせ、からだにかけたカバンに手紙の束《たば》をしまうと、朝の森へととび去《さ》っていきました。

「火事《かじ》?」

「火事《かじ》だって？」

「火事だ！」

ハートウッドさんとモナが、スタッフとお客《きゃく》を大広間《おおひろま》にあつめて臨時集会《りんじしゅうかい》をひらき、知らせを伝《つた》えると、みんな騒然《そうぜん》となりました。食堂《しょくどう》で朝食にだされたデイジーの葉《は》のドーナツも、食べかけのままです。ウサギのお客が不安《ふあん》そうにいいました。

「丘《おか》が火事ですって？　弟が住《す》んでいるのに！」

チョウのお客がききます。

「火事は、どのくらいの速《はや》さでひろがっているんですか？」

臨時集会が終《お》わりもしないうちに、受付《うけつけ》カウンターにはチェックアウトの列《れつ》ができていました。お年よりのキジのお客は、星のバルコニーでそとをながめていたとき、遠くに煙《けむり》を見たそうです。

「この年まで狩人《かりうど》からにげのびてきたというのに、火事で焼《や》き鳥《とり》になって死《し》ぬなど、まっぴらじゃよ」

ほんのひとすじの煙《けむり》だったそうですが、それをきいたお客《きゃく》はパニックになり、チェックアウトの列《れつ》はいっそう長くなりました。モナとティリーとヘンリーはお客につめたいイチゴ茶をくばり、ヒギンズさんはチェックアウトの手つづきをするジルさんを手伝《てつだ》っています。

「子づれを優先《ゆうせん》してください」

五人家族《かぞく》のハタネズミの父親が、そういって列にわりこもうとすると、わりこまれそうになったヤマアラシが怒《おこ》りました。

「わたしだって子どもがいるんですよ。早く子どものまつ家に帰らなくちゃならないんですから、わたしのチェックアウトの手つづきをいちばんにしてもらわないと」

モナは、あいだにはいりました。

「どうか落《お》ちついてください。ホテルのモットーに『みなさまを守《まも》り、敬《うやま》う心とともに』とあるんです。お客さまどうしも、おたがいに敬い、おだやかによりそっていただかなければ」

すると、ハタネズミの父親が口をはさみました。

「そうおっしゃいますけどね、ホテルは火事《かじ》になれば『みなさまを守《まも》り』きれないでしょう？　メイドのあなただって、ご家族《かぞく》がしんぱいじゃないんですか？　ぶじかどうか、わからないでしょう？」

ぶしつけな物言《ものい》いですが、恐怖《きょうふ》にかられてそんな態度《たいど》になっているのだということは、モナにもわかりました。モナも家族がいれば、こんなときには早くそばにいきたいと思うでしょう。お客《きゃく》がみんな、家族で身《み》をよせようとチェックアウトをいそいでいるときに、ストロベリーさんだけはそんなそぶりがないのは、ひょっとして親戚《しんせき》のモナがここにいるからなのでしょうか？

「火事が起《お》きているのは、ずいぶん遠いところですよ」

ティリーがそういうと、ハタネズミの父親はふんっと鼻《はな》を鳴らし、ヤマアラシのうしろにもどりました。モナはティリーに、ありがとうと目くばせしました。しかしヘンリーはおびえています。

「ティリー、ほんとう？　ほんとうにだいじょうぶなの？」

ささやくヘンリーは恐怖《きょうふ》のあまり、がたがたと手がふるえ、イチゴ茶をゆかにこぼしてしまいました。ティリーはしかったりせず、なだめました。

「だいじょうぶよ。みなさん、しんぱいしすぎなのよ」

ホテルに危険《きけん》がせまってきたことはこれまでもありましたが、ティリーがこんなに落《お》ちついているのははじめてです。ヘンリーがゆかをふこうと、ぞうきんを取《と》りにいくと、モナはききました。

「ほんとうに、火事《かじ》はここまでひろがってこないと思う？」

「わからないわ。でもしんぱいしたって、なにもかわらないでしょ？　それに、ちゃんと食べなくちゃ。朝ごはん、食べかけのままよ！」

ティリーはエプロンのポケットから、たねいりマフィンを取りだし、モナにもさしだしました。ティリーはどんなときも、食べていれば安心するタイプなのです。ときにはそれもわるくないわ、とモナは思いました。

とはいっても、やはりずっと落ちつきはらっていることはできなかったようです。つぎの日のティリーは、いままでにもまして、ぐちばかりいっていました。

ティリーとモナは朝ごはんも食べないうちに、

「チェックアウトしたお客《きゃく》さまの客室をすぐにそうじしてちょうだい」

とヒギンズさんに指示《しじ》されたのです。いつもは、お客はみんな朝ごはんを食べてからチェックアウトするため、モナたちも食事《しょくじ》をすませてから、あいた客室のそうじをします。しかしきょうは、だれかが朝食まえにチェックアウトしたのです。

「いったい、だれなの？」

ティリーはぶつぶついって、ヒギンズさんが客室の番号《ばんごう》を書いた紙に目を落《お》としました。そして、ぐるりと目をまわしていいました。

「クラヤーミさまね。きっと、すごくちらかってるわよ。そうじがたいへん！なにしろ、秋からずっと泊《と》まっていたコウモリの一族《いちぞく》のお客さまなんだから」

「えっ？　コウモリのお客さまがいらっしゃったなんて、気づかなかったわ。いちどもおすがたを見かけたこともないし」

「そりゃそうよ、コウモリなんだもの。みんなが寝《ね》ているときしか、起《お》きていないんだから。きのうの臨時集会《りんじしゅうかい》のときも寝ていて、きていなかったはずよ。だいじな集会にも、いちどだってでてきたことはないわ。きっと火事《かじ》のことは、きのうの夜に目をさましてから知ったのね」

「でも……」

モナは信《しん》じられませんでした。どんなお客《きゃく》が泊《と》まっているかは、ひと組のこらず知っているつもりだったのです。ティリーはいいました。

「さあ、バケツと、それにぞうきんを多めに持ってきて。わたしは、はしごを取《と》りにいってくるわ」

「はしご？」

どうしてはしごが必要《ひつよう》なのかは、客室にはいってわかりました。小枝《こえだ》の上にあるその客室はうす暗《ぐら》く、なにもかも、さかさまだったのです！

鳥用の客室は、かべに止まり木、ゆかに巣《す》がありますが、コウモリの客室の止まり木は天井《てんじょう》にあります。ぎっしりと本のならんだ本棚《ほんだな》も天井に固定《こてい》されています。見あげて目をこらしましたが、本のタイトルはよく見えません。『果物《くだもの》』や『飛行《ひこう》』といった文字が、かすかに見えるだけです。かべには絵がいくつもかざってありますが、天井《てんじょう》にぶらさがったコウモリがながめるものなので、どれもさかさまです。

ティリーがつかつかと窓《まど》に歩みより、よろい戸《ど》をあけると、朝日がさしこみ、室内がよく見えるようになりました。天井は足あとだらけ、ゆかには果物の汁《しる》のシミがたくさんあります。

(すみずみまで、そうじしなくちゃ。でも思っていたほどじゃないわ)

モナはそう思いましたが、ティリーは不満《ふまん》たらたらです。

「長いあいだ泊《と》まるお客《きゃく》さまには、自分たちでもそうじをしてもらわなくちゃこまっちゃうわよ」

ティリーははしごを立て、モナはゆかのぞうきんがけをはじめました。ごしごしと、よごれを落《お》としていくのは、気分のいいものです。もうすこしで終《お》わるというとき、落ちている本のかげに、なにかあるのに気づきました。

「なにかしら？」
それはクモの巣《す》を幾重《いくえ》にもかさねあわせた、小さな毛布《もうふ》でした。手に取《と》ると
やわらかく、まるで雲のようです。ところどころに、コケを小さな星の形に編《あ》
みこんであります。すこしくたびれていますが、美《うつく》しい毛布です。ティリーが
はしごからおりてきて、ぼやきました。
「はあ、こまっちゃう。それ、赤ちゃん用の毛布よ。わすれていったのね。わ
すれものコーナーに持っていかなくちゃ」
「そんなコーナーがあるの？」
「そうよ、モナったら、いままで気づかなかったの？　お客《きゃく》さまはいろんなも
のをわすれたり、置《お》いていったりするでしょ？　ホテルは、いらないものをす
てていくごみ箱《ばこ》じゃないっていうのに！」
「でも……ご自宅《じたく》に送《おく》ったりしないの？」
「高価《こうか》なものなら送るけど、赤ちゃん用の毛布ならそこまでしなくていいわよ」
「だけど……」

高価《こうか》でなくても、よくつかいこまれている毛布《もうふ》です。ということは、たいせつなものなのではないでしょうか？　モナはまえに、クルミのから
のカバンをなくしたとき、とても悲《かな》しい思いをしました。両親《りょうしん》の形見《かたみ》のカバンだったのです。ハートウッドホテルの玄関《げんかん》ドアにあるのとそっくりな、ハートがひとつ彫《ほ》られていました。ハートウッドさんがかわりに、よくにたカバンをプレゼントしてくれましたが、けっしておなじではないのです。

「わすれもののコーナーの場所《ばしょ》を教えるから、ついてきて。天井《てんじょう》のそうじをするのもつかれたから、ちょっとひとやすみよ」

ティリーはそういって、モナを客室《きゃくしつ》のそとにつれだしました。わすれものコーナーは、二階《かい》の物置《ものおき》のよこにある戸棚《とだな》の中にありました。

「いつもは箱《はこ》ひとつに全部《ぜんぶ》はいるんだけど、お客さまがみんなあわててチェックアウトしていったから」

ティリーがとびらをあけると、アシを編《あ》んだかさが落《お》ちてきて、ぱっとひらきました。

「わっ！」

思わずさけんだティリーは、かさをうまく閉《と》じられず悪戦苦闘《あくせんくとう》しています。モナが戸棚《とだな》をのぞいてみると、中はぎっしりと物《もの》がつめこまれた箱《はこ》が山づみになっていました。かたほうの耳が欠《か》けたおもちゃのウサギや、ムカデの小さなくつ、コケでできたリボンの髪《かみ》かざり、『チョウに成長《せいちょう》するには』とタイトルの書かれた本など、いろいろなものがあります。

ティリーはかさを箱の上にのせようとしましたが、バランスがくずれて箱ごと落《お》ち、中身《なかみ》がろうかにちらばってしまいました。

「ああ、もう！」

大声をだしたティリーは、ちらばったものをかきあつめました。モナは赤ちゃんの毛布《もうふ》をどこにしまおうかと、見まわしました。コウモリのお客《きゃく》がわすれたことに気づいて取《と》りにきても、見つけられなかったらこまります。すぐに目にとまる場所《ばしょ》に置《お》いておこうと思いました。いまこの瞬間《しゅんかん》も、赤ちゃんコウモリは毛布がなくて、落ちつかない思いをしているかもしれません。

棚《たな》の荷物《にもつ》をよけて毛布《もうふ》を置《お》こうとしたとき、ティリーが声をかけました。

「ねえ、見てよ」

ふりかえると、ティリーはなにか小さなものを手にしていました。

「さっき落《お》とした箱《はこ》にはいっていたんだと思うけど」

早口でそういうティリーは、もうさっきまでのぐちっぽい声色《こわいろ》ではありませんでした。モナは近づいて、まじまじと見ました。

ペンダントです。ハートの形にけずられたたねがさがっていて、ストロベリーさんがつけていたものにそっくりです。ティリーはいいました。

「名前が彫《ほ》ってあるわ、『マデリーン』って」

モナは息《いき》をのみました。

「わたしのお母さんの名前！　きっと昔《むかし》、このホテルにわすれていったんだわ。お母さんは、ストロベリーさんのとそっくりなペンダントをつけていたのね。ってことは……」

「やっぱり親戚《しんせき》なのよ！　そんなめずらしいものが、ふたつもあるなんて。きっ

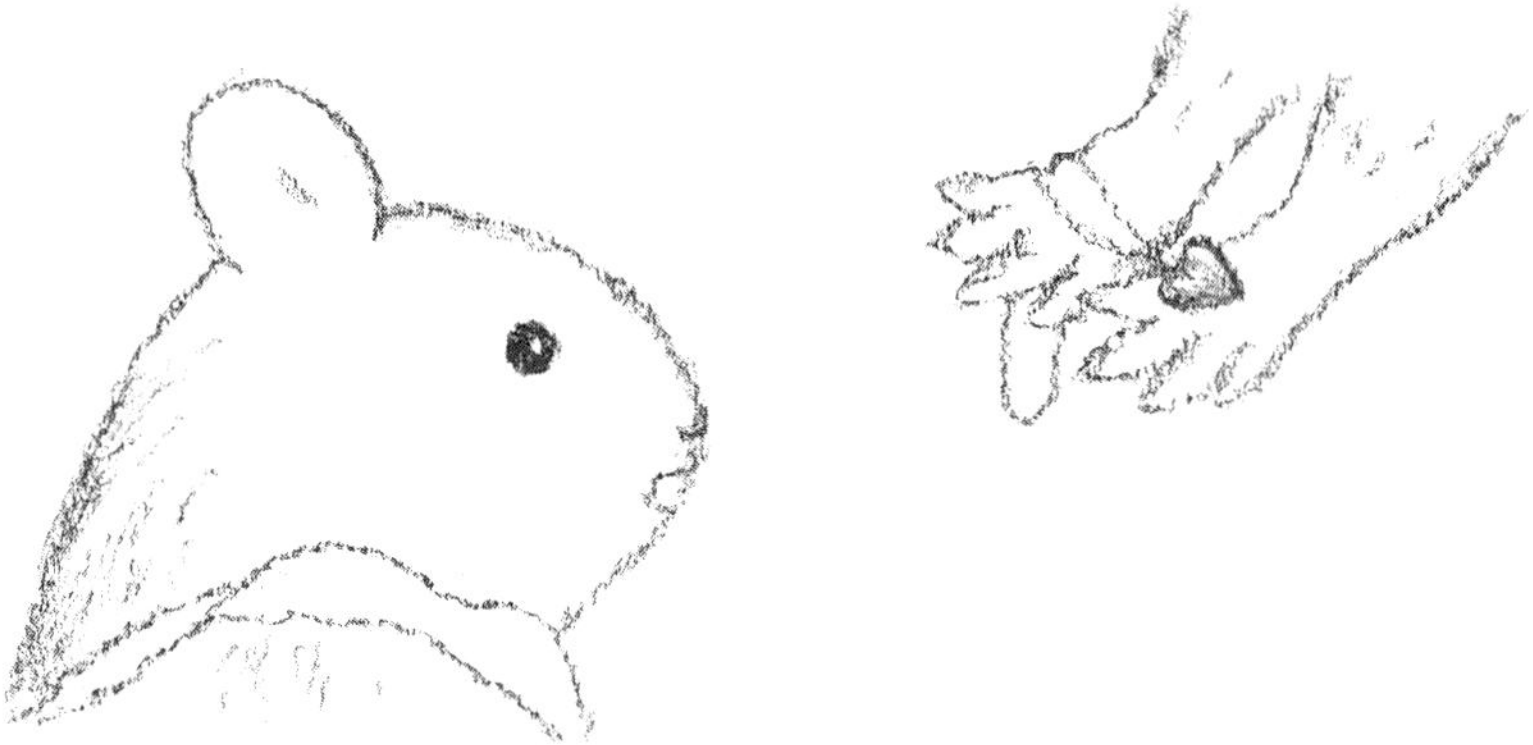

とふたりでおなじものをつくったか、いっしょにでかけたときに買ったんだわ」

　ティリーのしっぽが、ぶんっといきおいよく立ち、べつの箱《はこ》にあたりました。しかしティリーは、気にするようすもありません。

「モナ、やっぱりストロベリーさんは、あなたのおばさんなのよ。絶対《ぜったい》そう、まちがいないわ」

　その言葉《ことば》をきいて、モナはストロベリーさんの手紙を思いだしました。

「そういえば、ストロベリーさんの手紙に書いてあったわ。『やはり、あのモナでまちがいありません』って。わたしのことを、もとから知っていたみたいに。ひょっとしたら……」

「ひょっとしたら？　いいえ、絶対、おばさんに決《き》まっているわ。そんなことが手紙に書いてあったんだったら、すぐに教えてくれればよかったのに。なによりの証拠《しょうこ》じゃない！」

「でも、じゃあどうしてストロベリーさんは、わたしになにもいわないのかしら？」

ティリーはあきれて、ぐるりと目をまわしました。

「モナったら。秘密《ひみつ》ってどういうものか、まだわかってないの？」

わかるような、わからないような……。自信《じしん》がありません。でもひとつだけ、はっきりわかっていることがあります。モナは赤ちゃん用の毛布《もうふ》を見せていいました。

「ねえティリー、ペンダントを見つけられたのは、この毛布のおかげよ。やっぱり、コウモリのお客《きゃく》さまのところに送《おく》ってあげたほうがいいわよ」

「もう、モナ！　こんなときにお客さまのことなんて考えてる場合《ばあい》じゃないでしょ」

そういいながらも、ティリーの顔はわらっています。賛成《さんせい》しているのです。

7 サマーピクニック

「わたしにも親戚《しんせき》がいたんだ！」

その日のモナはそれから、ポケットにしまったペンダントにそっとふれながら、何度《なんど》も何度もこっそりつぶやきました。自分にも血《ち》のつながった親戚がいたら、と、これまでどれだけねがってきたことでしょう。

しかしそんな夢見心地《ゆめみごこち》に、ティリーがせっせとよこやりをいれてきます。しつこいくらいにきいてくるのです。

「ストロベリーさん、なにかいってきた？」

「ううん。でもきっと、そのうち話してくれるわよ。秘密《ひみつ》ってどういうものか、まだわかってないの？」

さっきのティリーのセリフをいいかえし、モナは、にっとわらいました。ティリーは、してやられたと、しぶい顔をしました。

「まったく、みんな、知ってることはすぐに話してくれれば、すっきりするのに！」

（そうね、でもやっぱり秘密《ひみつ》って、そのときがくるまで心に秘めていたほうがいいものよ）

モナは心の中でつぶやきました。これまでずっとモナは、ストロベリーさんはどうしてまだ自分に親戚《しんせき》だと打《う》ちあけないのだろうと疑問《ぎもん》に思っていました。しかし、気づいたのです。打ちあける最高《さいこう》のタイミングをまっているのかもしれない、と。きっとすてきな秘密は、とっておきのタイミングで打ちあけるほうがいいのです。いまがまだ、そのときではないのはとうぜんです。

みんな火事《かじ》のことで頭がいっぱいで、あたふたしているのですから。火事は遠くの丘《おか》で起《お》きていて、いまのところこちらへひろがってくるようすはありませんが、安心はできません。大雨がふれば消《き》えるでしょうが、風が強くふけば、いっきに燃《も》えひろがるでしょう。

「丘《おか》とホテルのあいだの森には、とちゅうに、見わたすかぎり石ばかりの荒野《こうや》がある。燃《も》えるもののないその荒野で、火の手ははばまれるであろう」

ハートウッドさんはスタッフやお客《きゃく》に、事《こと》あるごとに、そういいきかせています。荒野はとてもひろく、石に火がうつることはないとティリーにきいて、モナはほっとしました。

しかしハートウッドさんの言葉《ことば》をきいても、お客はパニックのままです。いつもヒギンズさんにわたされる、チェックアウトするお客のリストは、つぎの朝にはありませんでした。すべてのお客がホテルを去《さ》ってしまっていたのです。チェックインするお客もいません。予約《よやく》もすべてキャンセルになってしまったのです。かわりにヒギンズさんは、モナとティリーにべつの仕事《しごと》のリストをわたしました。どれも、ふだんはなかなか手のまわらない仕事です。

1. 幹《みき》の階《かい》に生《は》えているキノコを取《と》る
2. ハネムーン用の特別室《とくべつしつ》についたスカンクのにおいを消《け》す
3. ミツバチの巣《す》の部屋《へや》をそうじする

ティリーがため息《いき》をつきました。

「べたべたになるわね。ミツバチのルビー隊長《たいちょう》の軍隊《ぐんたい》も、あわてててでていったのよ。煙《けむり》が苦手《にがて》なのね。ほんと、たいへんな夏だわ！　スタッフも半分はにげて家に帰っちゃったのよ。そのぶんの仕事《しごと》もこなさなくちゃ。せっかくサマーピクニックを楽しみにしていたのに、それもなくなるわね」

「サマーピクニックって？」

「ヒギンズさんが企画《きかく》した、夏のあたらしいイベントよ。ほとんど、食べるだけのイベントだけど、ピクニックってそういうものだしね。おいしいものを食べながらおしゃべりして」

「どうして、それもできなくなるの？　スタッフだけでも、やればいいじゃない。お客《きゃく》さまがいないから、食《た》べ物《もの》もたくさんのこっているし」

ティリーは、ぱっと目をかがやかせました。

「そうね、それってすごくいいアイデア！」

ハートウッドさんも賛成《さんせい》しました。

「楽しき時をすごせば、みなの気もまぎれるであろう」

モナとティリーはいそいで仕事《しごと》をすませ、準備《じゅんび》に取《と》りかかりました。ティリーは、とても張《は》りきっています。なにしろ、食べることが中心のイベントなのですから。モナは、さすがにハチミツだらけのハチの巣《す》の部屋《へや》は、しっぽでそうじすることはできないだろうと思っていましたが、いきおいづいているティリーはやってのけました。ほかの客室《きゃくしつ》のそうじの二倍《ばい》は時間がかかりましたが、ひとこともぐちをはきませんでした。

そうじが終《お》わると、モナはピクニックに持っていくお弁当《べんとう》の準備をしているストロベリーさんの手伝《てつだ》いをしました。タンポポのシャーベットとつめたいイラクサ茶、ドングリパンのサンドイッチです。ティリーとヘンリーはお弁当を食べるときの敷物《しきもの》を取りにいっています。キッチンでストロベリーさんとふたりきりのいま、モナはあのペンダントのことをききたい気持ちにかられました。

しかしストロベリーさんは、準備と火事《かじ》のことで頭がいっぱいのようです。

シャーベットをつめながら、モナにいいました。

「わたし、石だらけの荒野《こうや》なら、いったことがあります。ひろいところですが……」

そこでふと口をつぐみ、しばらくしてつづけました。

「自然《しぜん》の中では、予想《よそう》もしない、おそろしいことも起《お》きるものです。手順《てじゅん》どおりに進《すす》められるキッチンとはちがって、どうなるかはわからないものです」

モナは、ストロベリーさんの手がふるえているのに気づきました。

「だいじょうぶですよ、ハートウッドさんがいますから安心です」

モナの言葉《ことば》に、ストロベリーさんはぎこちなく笑顔《えがお》をつくりました。

「そ、そうですよね、モナちゃん。なにもしんぱいいりませんよね」

ほんとうにそうでしょうか。

準備《じゅんび》がととのい、スタッフは玄関《げんかん》のそとにあつまりました。しかし、ヘンリーは不安《ふあん》そうにつぶやきました。

「なんだか、そとはへんなにおいがする。ぼく、鼻《はな》がいいんだ」

そして、しっぽで鼻をおおいました。そのとおり、そとはかすかに、煙《けむり》のにおいがしはじめています。まだ夕方でもないのに、空はしだいにうす暗《ぐら》くなっていきます。うっすらとした煙が、レースのカーテンのように空をおおいはじめているのです。火事《かじ》がひろがっているのでしょうか？

ヘンリーが口もとをしっぽでふさぎ、くぐもった声でいいました。

「タマネギのにおいがする」

「タマネギ？」

モナがきくと、ヘンリーはうなずき、しっぽをはずして指《ゆび》で鼻をつまみました。

「タマネギだらけの夜ごはんを思いだすな。そのときと、おんなじにおいだ」

ハートウッドさんは、けむる空を見あげて苦《にが》い顔をしました。

「タマネギであればいいが、煙《けむり》のにおいかもしれぬ。計画《けいかく》は変更《へんこう》せねばならぬな」

ピクニックは中止になり、みんな、がっかりしてロビーにもどりました。ところがハートウッドさんは、お弁当《べんとう》のはいったバスケットをじゅうたんの上におろすと、いいました。

「お客《きゃく》の去《さ》ったいま、だれの目も気にすることはない。どこでピクニックをひらこうと、思いのままだ」

そして、ロビーでピクニックをすることになったのです！　みんなで家具《かぐ》をすみによせ、モナとティリーはじゅうたんの上に敷物《しきもの》をしきました。みんながすわってくつろげるよう、ヒギンズさんはお客用の、とびきりふかふかのまくらを持ってきました。そしてヘンリーをちらりと見ながらいいました。

「まくらに飲《の》み物《もの》をこぼさないでちょうだいね」

しかし、ヘンリーの耳にははいっていないようです。

「このまくら、最高《さいこう》だね！　ふっかふかだよ」

そしてバスケットからサンドイッチを取《と》ると、なにがはさんであるか、ドングリパンのすきまからのぞきました。

「あれ？　タマネギははいってないな。よかった！」

そういって、がぶりとかみつくと、口いっぱいにほおばりながらいいました。

「ぼくがいっしょに――」

しかしティリーがたしなめました。

「飲《の》みこんでからしゃべりなさい」

ヘンリーは、ごくりと飲みこむといいました。

「ぼくがいっしょに住《す》んでたドブネズミのガッツはね、ジャガイモをひとふくろぬすんできたつもりが、あけてみたらタマネギだったことがあったんだ。その日の夜ごはんは、タマネギスープにタマネギシチュー、タマネギサンドイッチになっちゃったんだよ。がまんして食べたけど、みんな泣《な》きだしちゃってさ。

ガッツに『そんなにタマネギがきらいなのか?』っていわれたけど、いくらなんでも、タマネギ料理《りょうり》だらけじゃ泣《な》きたくもなっちゃうよ。おいしいことはおいしいんだけど、それからもうタマネギはうんざり」

ヘンリーは生きわかれたティリーと再会《さいかい》するまで、親のいない子どもたちの暮《く》らす『ガッツの家』にいたのです。

「わたしは食《た》べ物《もの》にうんざりすることなんて、絶対《ぜったい》にないわ」

ティリーがそういってバスケットに手をのばしたので、モナは、ふふっとわらいました。みんな、もくもくと食べはじめ、静《しず》かになりました。モナは、ストロベリーさんがモナのためにとくべつにつくってくれたチーズサンドイッチをかじりました。ロビーにすわって食べるのはへんな感《かん》じもしますが、楽しい気分です。ようやくひと息《いき》つくことができました。

グーグー……。

おや? ひと息どころか、すっかり寝息《ねいき》を立てているスタッフがいます。

「もう、ヘンリーったら!」

ティリーは起《お》こそうとしましたが、ヘンリーはぐっすりねむりこけています。ヒギンズさんが、ミスター・ヒギンズさんにむかっていいました。

「ヘンリーはいつでもねむれるのね。そういえば、あのころのあなたはねむれなくて」

するとジルさんが、まくらにもたれ、おなかに手を置《お》いていいました。

「ああ、トンネルをほられたのでしたね。円満《えんまん》に結婚《けっこん》生活を送《おく》るために」

「なんのことですか?」

モナがきくと、ジルさんは説明《せつめい》しました。

「ヒギンズさんとご結婚されたばかりのころ、ミスター・ヒギンズは不眠症《ふみんしょう》だったのです。夜のあいだ、ねむれないのでひまを持てあまして、部屋《へや》の中をうろうろなさって。そのためヒギンズさんまで寝不足《ねぶそく》になり、こまっていらっしゃいました。客室係《きゃくしつがかり》のヒギンズさんは、朝早く起きて仕事《しごと》をするため、ぐっすりねむらなければならないですしね。そこでヒギンズさんは、ミスター・ヒギンズに夜のあいだ、あたらしい仕事をするようにおねがいしました。庭《にわ》に穴《あな》をほる仕事《しごと》です。それなら、お客《きゃく》さまやヒギンズさんのねむりのさまたげにもなりませんから」

そしてヒギンズさんがあとをつづけました。

「大きな穴《あな》をほれば、地下室《ちかしつ》がつくれると思ったのよ。ところが予想《よそう》していたよりもどんどんほりすすめてしまって、庭《にわ》から小川の土手につながるトンネルができてしまったの。そうよね？」

ミスター・ヒギンズは肩《かた》をすくめました。モナは、サンドイッチのさいごのひと口をつまらせそうになりながら、ききました。

「秘密《ひみつ》のトンネル、ということですか？」

するとティリーが、ねむっているヘンリーをちらりと見ていいました。

「秘密のままにしておこう。ヘンリーがきいたら、中にはいって、でてこられなくなっちゃうわ」

「だいじょうぶじゃよ。もう入り口は板《いた》でふさいであるのでな」

ミスター・ヒギンズはそういってため息《いき》をつくと、つづけました。

「カモミール茶を飲《の》めばぐっすりねむれると、もっと早く知っておればな。なあ、ハートウッドくん」

ハートウッドさんはうなずきましたが、その目はミスター・ヒギンズではなく、暖炉《だんろ》の上にかかげられた木の皮《かわ》にむけられていました。そこには、こんなモットーが書いてあります。

キバもかぎづめも、ここではないもおなじ
みなさまを守《まも》り、敬《うやま》う心とともに

ハートウッドさんは切りだしました。

「なぜ、あのモットーをかかげているか、みなに話したことはあったであろうか？」

みんな首をふり、モナは口をひらきました。

「きいたことはありませんが、なんとなくわかります。つまり……」

そのさきをいいよどんでいると、ティリーがいいました。

「つまり、ほかのお客《きゃく》さまを食べようとした方がいたからですよね？」

ハートウッドさんは、ほほえみました。

「いや、ちがうのだよ」

あのモットーに、どんな物語《ものがたり》があるのでしょう？　モナは話をよくきこうと、耳をぴんと立てました。やっぱりピクニックは楽しいものです。ティリーがタンポポのシャーベットのはいったカップをモナにさしだしました。ハートウッドさんは小枝《こえだ》を編《あ》んでつくったいすにもたれ、語りはじめました。

「ずいぶん昔《むかし》のことだ。このホテルがオープンし、はじめてお客をむかえたときのこと。ある朝、目をさますと、ホテルの内がわのかべに、ところどころかじられたあとがあるのに気づいた。まさかそんなことをするお客がいるはずはないと、目をうたがったよ」

そしてひと息《いき》つくと、つづけました。

「しかしつぎの日も、またあらたに、かじられたあとがあった。気づいたお客の中には、ホテルに幽霊《ゆうれい》がいるのでは、とおびえる方もいたよ」

「幽霊!?」

モナとティリーはさけび、目を見ひらいて顔を見あわせました。ハートウッドさんは、ふふっとわらってつづけました。

「それから数日後のある朝、いつもより早く目をさましたわたしは、一ぴきのビーバーがロビーの暖炉《だんろ》の上をかじっているのを見つけた」

ジルさんが、

「なんということを!」

と、さけびました。

「まったくだ。ホテルの設備《せつび》を食べようとするなど、けしからん。わたしはビーバーに、すぐにロビーから立ち去《さ》るようにいった。……知らなかったのだよ」

「知らなかったって、なにをですか?」

モナがきくと、ハートウッドさんはこたえました。

「そのビーバーが、ねむったままうごきまわり、物《もの》を食べる症状《しょうじょう》になやまされていたことをね。知らぬうちにホテルにめいわくをかけていたと気づいたビーバーは、ショックを受《う》け、おわびにと、贈《おく》り物《もの》をしてくれたのだ。暖炉《だんろ》の上の、モットーを書いた木の皮《かわ》だよ。

あのモットーは、スタッフやお客《きゃく》が、キバをむいたり、かぎづめをむけたりすることなく、たがいに敬《うやま》い、守《まも》りあうことを意味《いみ》している。しかしビーバーは同時に、自分がホテルに敬意《けいい》を持ち、守りたいと思っていることや、キバでかじるつもりなどなかったという気持ちをしのばせ、謝罪《しゃざい》の意をしめそうとしたのだ。ビーバーの名前はベンジャミンだ」

モナはききました。

「ハートウッドさんのお友だちのベンジャミンさんですか？　このまえ『ビーバーロッジ』をオープンさせた」

「いかにも。ベンジャミンとはそれをきっかけに、友人となったのだよ」

ほかのスタッフも、それぞれに思い出話をきかせてくれて、もう夜もだいぶふけてきました。ハートウッドホテルには、さまざまな物語《ものがたり》がつまっているのです。モナにとっては、はじめてきく話がほとんどです。すてきなできごとが数多くくりひろげられてきたホテルにいることを、誇《ほこ》りに思いました。

みんな、ぺろりとシャーベットをたいらげ、ストロベリーさんはお菓子《かし》やつめたいお茶をつぎつぎにはこんできてくれました。まくらにすっぽりと身《み》をうずめたモナを、みんなの思い出話が、風に舞《ま》うバラの花びらのようにつつみました。

ただ、モナがいちばんききたい話は、まだでてきていません。いまこのときこそが、秘密《ひみつ》を打《う》ちあけてくれる絶好《ぜっこう》のタイミングのはずです。話が一段落《いちだんらく》ついて、ふっと静《しず》かになったとき、モナは思いきって声をかけました。

「ストロベリーさんは？　なにか思い出話はないんですか？」

「そう！　ストロベリーさんは？」

ティリーも、すかさずいいました。ストロベリーさんは、ふーっと息《いき》をはくと、口をひらきました。

「ありますよ」

するとジルさんが身《み》をのりだしました。

「ゆか下ホテルの話でしょうか？」

「そうともいえますね。でも、話の中心は……」

ストロベリーさんは、モナを見つめました。モナはしっぽのさきまで、期待《きたい》にふるえました。まちにまった瞬間《しゅんかん》がやってきたのです！　ついにストロベリーさんがみんなのまえで、モナのおばさんだと打《う》ちあけてくれるはずです！

しかしストロベリーさんが語りだそうとしたとき、玄関《げんかん》のドアをひっかくような音がし、「ウォン！」とほえる声がしました。ヒギンズさんがミスター・ヒギンズの手をにぎり、さけびました。

「オオカミよ！　ホテルの場所《ばしょ》がばれたんだわ！」

8　そとでほえるのは

ストロベリーさんの話は、おあずけになりました。

「早く地下へ！」

ハートウッドさんが指示《しじ》し、先頭《せんとう》に立って地下へと階段《かいだん》をかけおりました。

ティリーとヘンリーがあとにつづき、ヒギンズ夫妻《ふさい》とジルさん、ストロベリーさんもおっていきます。

「ドアのしかけに気づかれれば、オオカミが中にはいってきてしまう！」

ハートウッドさんのいうとおりです。以前《いぜん》も、クマのネムリンボーさんがドアをあけそうになったことがありました。気づかれにくいしかけにはなっていますが、万が一のことがあります。

（でも……）

モナは立ち止まりました。あのときネムリンボーさんがただ、ホテルを自分の巣穴《すあな》だとかんちがいしてやってきただけだったのを思いだしたのです。

耳をすますと、またきこえてきました。

ウォン！　クーン

オオカミの声とはちがう気がします。秋に、オオカミの群《む》れがホテルをおそおうとしたとき、モナはすぐそばで声をきいたことがあります。いまきこえた声は、こわくはありません。おびえているようです。

(ようすを見てみよう。うらの勝手口《かってぐち》からでて、玄関《げんかん》にまわりこめばいいわ。わたしは小さいから、相手《あいて》にはばれないはず)

モナは地下へとつづく階段《かいだん》のまえをとおりすぎ、勝手口へむかおうとしました。そのとき、

「どこへいくの、モナちゃん？」

ストロベリーさんの声がしました。ふりかえると、ストロベリーさんは階段からモナを見あげています。しっぽがふるえています。

「モナちゃんも早く地下へ！」

「でも……あの声、泣《な》いているみたいなんです。ケガをしているのかもしれません」

「オオカミなのよ！」

「いいえ、あの声は……」

クーン
また声がきこえました。ストロベリーさんは階段《かいだん》をのぼり、モナの手をつかみました。

「いっちゃだめよ！」

「だいじょうぶですから」

モナは手をふりほどこうとしました。しかしストロベリーさんははなそうとせず、手に力をこめてきます。そのまま階段をおりていくストロベリーさんに、モナはついていくしかありませんでした。階段を半分ほどおりたとき、ストロベリーさんはようやく力をゆるめ、モナはさっと手をはなしました。

声は遠くなりましたが、やはりまだ、ほえているのがきこえます。ストロベリーさんにもきこえているのでしょう。全身《ぜんしん》の毛がさか立ち、足を速《はや》めています。

(ストロベリーさん、こわくてしかたがないのね。わたしはこわくないわ)

そう心の中でつぶやいた自分に、モナはおどろきました。いまはただ、そとにいるだれかのことがしんぱいなのです。

(ケガをしているかもしれない。ほうってはおけないわ)

ストロベリーさんはもう、地下にたどりついています。モナがあとについてきていないことには気づいていません。いまがチャンスです！　モナはこっそり階段《かいだん》をもどり、ロビーのさきのろうかをぬけ、勝手口《かってぐち》にたどりつきました。

ドアをあけると、そとは朝日がさしていました。夜どおし思い出話をしていたのです。モナはしのび足でホテルの大木のそとをまわりこみ、玄関《げんかん》のほうへむかいました。すると、やっぱり！　朝日が桃色《ももいろ》にさす庭《にわ》は、かすみがかっていますが、すがたがはっきりと見えました。オオカミではありません。キツネです！

キツネは玄関《げんかん》ドアのまえによこたわり、しっぽは薪《まき》の燃《も》えかすのように、元気なく地面《じめん》にのびています。この春に生まれたばかりのような赤ちゃんギツネです。身《み》うごきひとつせずよこたわっていましたが、またとつぜん、

「ウォン！」

とさけんでドアをひっかいたので、モナはこわくなり、

「キャッ！」

とさけびました。

キツネはモナに気づき、ふりむきました。むきだしの歯《は》はするどく、モナのからだは、こわばりました。やっぱりストロベリーさんのいうとおり、地下へにげるべきだったのです！　どうしてようすを見にきたりしてしまったのでしょう。

しかし、起《お》きあがろうとしたキツネは「キャンッ！」とさけび声をあげ、たおれこむと前足をなめました。はれています。ホテルの動物《どうぶつ》をおそいにきたの

ではなく、ケガをしているのです。モナは、おずおずと話しかけました。

「ど、どうしたの？」

キツネはこたえず、ただ顔をあげ、コハク色の瞳《ひとみ》でモナをじっと見つめました。ひょっとしたら、まだ赤ちゃんなので、言葉《ことば》を話せないのかもしれません。

モナはもういちどききました。

「お母さんはどこ？」

キツネは前足に目を落《お》としました。モナはさらにききました。

「足、どうしたの？　火事《かじ》でケガをしたの？」

キツネの耳がぴくりとうごいたので、モナはごくりとつばを飲《の》みました。そのとおり、ということなのでしょうか？

「だいじょうぶよ、火事はここにはひろがってこないわ。安心して」

ほんとうはモナも不安《ふあん》でしたが、やさしい声でそういいました。こんなおさないキツネが、ひとりでどうやって生きていけるというのでしょう？　両親《りょうしん》が亡《な》くなったとき、モナはおさなく、ひとりで生きぬいていくのはたいへんなことでした。その上、このキツネのようにケガをしていたら、どれだけ過酷《かこく》だったことでしょう。

たとえ赤ちゃんで、ケガをしていたとしても、モナたちをおそいかねないキツネであることにはかわりありません。しかしモナはほうっておけませんでした。

「ちょっとまっててね、すぐにもどるから」

ホテルにはいり、ロビーでお目あてのものを見つけました。クッションのカバーをはずし、つめたいお茶のはいったティーポットといっしょに持ちだしました。ことわりなくロビーのものを持ちだしてはいけないのはわかっていますが、いまは、そんなことをいっている場合《ばあい》ではありません。

そとへもどると、キツネはかわらず、静《しず》かによこたわっていました。しかし目を閉《と》じています。

(まさか……)

いっきに不安《ふあん》におそわれ、モナは、

「だいじょうぶ？　だいじょうぶ？」

と必死《ひっし》でよびかけました。するとキツネは目をあけ、クーンと鼻《はな》を鳴らしました。モナはためらいながらも、ゆっくりと近づきました。

「シーッ！　じっとして」

そして、はれた前足のよごれを落《お》として冷《ひ》やそうと、つめたいお茶を注意《ちゅうい》ぶかくかけました。キツネはクンクンと声をあげましたが、じっとしています。それからモナは、ふるえる手でクッションのカバーを前足に幾重《いくえ》にもまきました。そして息《いき》もできないほどドキドキしながら、さいごにぎゅっとむすびました。

ようやくふーっと息をはきだすと、モナはいいました。

「できたわ。これで楽《らく》になるはずよ。わたしも足をケガしたことがあるから、わかるわ」

子ギツネは、ありがとうというかのように、しっぽでトンと地面《じめん》をたたき、口のはしをあげてかすかにほほえみました。

ところがとつぜん、ウーッとうなり声をあげたのです！

モナはビクッととびあがりました。ひょっとしてすべて、モナをゆだんさせてからおそうための演技《えんぎ》だったのでしょうか？　そのとき、

「どうどう、ぼうや、こわがらなくていい」

ききおぼえのある声がして、ふりむいたモナは気づきました。キツネはモナではなく、ハートウッドさんにうなり声をあげていたのです。きびしい顔つきで腕組《うでぐ》みをしているハートウッドさんは、いつにも増《ま》して大きく見えます。

「モナくん、中へはいりたまえ。きみがそとにでたとストロベリーくんがいっていたが、そのようなおろかなことをするはずがないと思っていたのだよ。よもや、ほんとうだったとは」

「でもハートウッドさん、この子はケガをしているんです。それに、まだ赤ちゃんです。言葉《ことば》も話せないんです」

「それは見ればわかる。とにかくきみは、中へもどるのだ」

玄関《げんかん》へむかいながら、モナはキツネをふりかえっていいました。

「わたしはモナよ」
へんじはないと思っていましたが、なんと、
小さな声がかえってきました。
「ぼく、ホノオ」

地下のキッチンへいくと、ストロベリーさんと
ティリー、ヘンリーが、ほっとした顔でむかえて
くれました。ストロベリーさんは、ふるえる声でいいました。
「ついてきてくれると思っていたのに」
するとヘンリーが、いつもの大声でわってはいりました。
「なにがあったの？」
モナは、どう説明《せつめい》すればいいのかわかりませんでした。とつぜんのできごと
に、頭がおいついていなかったのです。ふつうなら、キツネの世話《せわ》などしませ
ん。ネズミやリスを食べてしまう敵《てき》なのですから。遠くの火事《かじ》が、こんなとこ

ろでもおかしな事態《じたい》をひきおこしているのです。

ティリーがコップにつめたい水を持ってきて、モナに手わたしました。

「ヘンリー、モナが落《お》ちつくまでまって。モナ、だいじょうぶ?」

モナはうなずき、気持ちを落ちつかせようと、ひと口ずつゆっくりと水を飲《の》みました。じれったそうにまっていたヘンリーは、モナがようやく飲み終《お》えると、まくしたてました。

「もう落ちついたでしょ? ねえモナ、話してよ」

しかしこたえる間もなく、ハートウッドさんがもどってきました。モナはきました。

「ホノオはだいじょうぶそうですか?」

ヘンリーがわってはいりました、

「ホノオって、だれ?」

ハートウッドさんは帽子《ぼうし》を取《と》り、テーブルに置《お》きました。

「あのキツネは……」

しかしまたヘンリーが、目を丸くしてわりこみました。

「キツネ⁉」

ストロベリーさんも息《いき》をのんでいます。ハートウッドさんはこたえました。

「ああ、キツネだ。だいじょうぶだ、もう去《さ》った。諸君《しょくん》も去るべきだ」

そして全員《ぜんいん》を見まわし、どっかりといすに腰《こし》をおろしました。そのすがたは、小さく力なく見えました。

「ハートウッドさん、それって……」

モナが口をひらくと、ハートウッドさんはほおひげをぎゅっとひっぱり、いいました。

「ハートウッドホテルを、去るべきときがきたのだ」

9 親友とのわかれ

「状況《じょうきょう》がどうなるかはわからぬが、たしかなことがある。かりに火の手がホテルまではおよばぬとしても、オオカミやコヨーテの群《む》れは近づいている。住《す》みかを炎《ほのお》におわれ、こちらの方角へにげてきているのだ。あのキツネはまだおさなく、ケガもしていたため、われわれをおそうことはなかった。だが、これからいかなる動物《どうぶつ》がやってくるかわからぬ。とどまるわけにはいかぬのだ。いますぐ立ち去《さ》りたまえ」

ハートウッドさんの言葉《ことば》はモナの頭の中で、ぐるぐるとうずをまきながら鳴りひびきます。ホテルを去るなどということが、できるでしょうか。ここはモナのわが家なのです！　このホテルにであうまで、モナには安心できる居場所《いばしょ》はなく、何年も森の中を転々《てんてん》として暮《く》らしてきました。また、あんな暮らしに

もどりたくはありません。モナはききました。

「でも、チクリーさんは？　新婚旅行《しんこんりょこう》からもどってきたときに、わたしたちの居場所《いばしょ》がわからなかったらこまりますよね？」

「チクリーくんも、ここにはもどってこないだろう。いまや、森にいればあぶないことは、だれの目にもあきらかだ」

するとストロベリーさんが、かすかにふるえる声でききました。

「まさか、火は石だらけの荒野《こうや》をのりこえて、せまってきているんでしょうか？」

「そのしんぱいはない」

そうこたえたハートウッドさんは、モナの不安《ふあん》そうな表情《ひょうじょう》に気づいたのでしょう。おもむろに背《せ》すじをのばし、凛《りん》とした口調《くちょう》でいいました。

「わが友である諸君《しょくん》、過剰《かじょう》なしんぱいは不要《ふよう》だ。これはいっときだけの、万が一にそなえた避難《ひなん》なのだ。火事《かじ》がおさまれば、またもどってこられる」

モナもほかのスタッフも、ふっと息《いき》をつきましたが、同時にモナは、ハートウッドさんの声によゆうがないのに気づきました。ミスター・ヒギンズが口をひらきました。

「ハートウッドくんのいうとおりにしよう。ヘンリエッタ、わしらも子どもたちにあいにいこう」

ヘンリエッタというのは、奥《おく》さんのヒギンズさんの名前です。ふたりに子どもがいることを、モナははじめて知りました。ジルさんがいいました。

「わたくしはビーバーロッジに滞在《たいざい》いたしましょうかね……」

た。

「それはいい」

ハートウッドさんが気もそぞろなようすでかえすと、ジルさんはつづけまし
「いえ、やはり両親《りょうしん》のようすを見てくることにいたします」

ジルさんに両親がいるというのも初耳《はつみみ》です。考えてみれば、いるのがしぜんですが、両親といっしょにいるジルさんを想像《そうぞう》すると、なんだかへんな感《かん》じです。

（わたしはどこへいこう？　ティリーはどうするのかしら？）

モナが考えていると、ヘンリーがいいました。

「ぼくらはガッツとキツイーノさんのところにいくよね、ティリー？」

長いことヘンリーのめんどうを見ていたドブネズミのガッツは、いまはウサギのキツイーノ公爵《こうしゃく》とともに、親のいない子どもたちの世話《せわ》をする『ガッツ&キツイーノの家』を運営《うんえい》しているのです。

「うん、そこなら雷《かみなり》の落《お》ちた丘《おか》からだいぶはなれているし、安全《あんぜん》ね」

ティリーはこたえました。自分もいっしょにいっていいかとモナがきこうと

したとき、ストロベリーさんがふりむいていいました。

「モナちゃんは、わたしといっしょに、ゆか下ホテルにきてくれるとうれしいわ」

思いもしない言葉《ことば》に、モナはどうこたえていいのかわかりませんでした。かわりにティリーがこたえました。

「もちろん、そうしますよ」

ストロベリーさんはほほえんで、モナにききました。

「ほんとうに？　モナちゃん」

モナはうなずいて、

「ありがとうございます」

というのが、せいいっぱいでした。

ティリーとふたりでモナの部屋《へや》へむかうあいだ、モナはだまりこんでいましたが、ティリーのおしゃべりは止まりませんでした。

「ストロベリーさんのさそいにのってくれて、ほんとうによかったわ」

「でも……わたしは……」

モナはいいかけましたが、ティリーがさえぎりました。

「おばさんといっしょにいたいでしょ？　ストロベリーさんは親戚《しんせき》なのよ。家《か》族《ぞく》も同然《どうぜん》よ」

ティリーは感慨《かんがい》ぶかそうに、涙声《なみだごえ》でつづけました。

「それにゆか下ホテルには、ほかにもモナの親戚がいるかもしれないわ」

そんなことは考えてもみなかったモナは、いいました。

「でも……わたしはティリーと……」

「それがいちばんよ。ガッツのところは、めんどうを見てくれるおとながいない子どもの暮《く》らす家なんだから。モナにはもう、おばさんがいるんだもの。ストロベリーさんといっしょなら、きっとすごく楽しいわよ。でも、ゆか下ホテルのひとたちにスタッフみたいにつかわれないように気をつけてね。ほんのしばらく泊《と》まるだけだし、モナはハートウッドホテルのスタッフなんだから。仕《し》事《ごと》を教えたのもわたしなんだし。ちゃんと、そういうのよ」

「わかったわ、約束《やくそく》する。でもティリー……」

ティリーは鼻《はな》をすすり、バチッと力強くまばたきしていいました。

「わかってる、わかってる。お礼《れい》なんていわなくていいから」


ティリーが部屋《へや》をでていくと、モナは荷《に》づくりをはじめました。火事《かじ》のことやティリーにいわれたことで、頭の中はいっぱいです。ハートの留《と》め具《ぐ》のついた、クルミのからのカバンを取《と》りだしました。両親《りょうしん》の形見《かたみ》のカバンをなくして落《お》ちこんでいたモナに、ハートウッドさんが、こんなセリフとともにプレゼントしてくれたのです。

『いまではここがわが家なのだから、もう森をさまようこともない。これからは大きなカバンは必要《ひつよう》ないかとも思ったが、なにかをしまうときにはつかえるのではないかな』

それから、ティリーが「ほんのしばらく泊《と》まるだけだし」といっていたのを思いだし、カバンをもとの場所《ばしょ》にしまいました。エプロンを着《き》て、ハートの形のたねがついたペンダントを持っていけばじゅうぶんです。ペンダントをポケットにすべりこませました。エプロンにティリーがほどこしてくれたハートの刺《し》しゅうは、いびつですが宝物《たからもの》です。

（ティリーのいうとおりだわ）

スタッフはみんな、家族《かぞく》のもとへいくのですから、モナもストロベリーおばさんについていくのがしぜんです。ほんのしばらくのあいだだけです。

なんだかわくわくして、小さなチョウたちがおなかの中で舞《ま》いおどっているかのように、うずうずしました。おばさんのそばですごせるのです。それに、ゆか下ホテルにいけるのです！　しばらくすごしてもどってきたときには、ハートウッドホテルの美《うつく》しいロビーで、ティリーやみんなにおみやげ話ができるでしょう。

しかし準備《じゅんび》をすませたモナが部屋《へや》をでていくと、ドアはまるで「さよなら」とでもいうかのように、バタンとかすかな音を立てて閉《し》まったのでした。

10 おそろしい森

ホテルのそとにでると、においどころか、口の中に苦《にが》い味《あじ》がひろがるほどに、煙《けむり》がこくなっていました。ハートウッドさんのいっていたとおり、ホノオのすがたはもうありませんでした。しかしストロベリーさんとティリーは、注意《ちゅうい》ぶかくあたりを見まわしています。

つい数か月まえの春の日には、スタッフ全員《ぜんいん》でハートウッドさんを玄関《げんかん》で見《み》送《おく》ったのでした。そのときハートウッドさんは、友だちのビーバーが『ビーバーロッジ』というホテルをオープンさせる手伝《てつだ》いにでかけたのです。きょうは反《はん》対《たい》に、ハートウッドさんが玄関に立ち、スタッフ全員の旅立《たびだ》ちを見送ります。

ハートウッドさんは、軍手《ぐんて》をつけ、長靴《ながぐつ》をはいています。モナはききました。

「でも、ハートウッドさんはどうされるんですか?」

「のこって、やらねばならぬことがある。しんぱいは無用《むよう》だ」

するとヒギンズさんが、きびしい声でいいました。

「それがすんだら、ちゃんとビーバーロッジに避難《ひなん》してくださいね」

「ああ、わかったよ」

ハートウッドさんはそうこたえましたが、ヒギンズさんは念押《ねんお》ししました。

「約束《やくそく》してくださいよ、ジョージー」

ハートウッドさんの名前をはじめて知り、ティリーが、

「ジョージーだって！」

とつついてきたので、モナは思わずわらいそうになりました。しかし、ヒギンズさんは真剣《しんけん》な顔です。

ハートウッドさんは無言《むごん》のまま一歩あとずさり、

「すみやかに立ち去《さ》るのだ。ぶじを祈《いの》る」

というと、手をふってホテルの中へともどっていきました。しばらくだれもその場をうごこうとしませんでしたが、ついにヘンリーがティリーの手をひっ

ぱっていいました。

「早くガッツにあいたいな！　いこう！」

みんなはようやくホテルをあとにし、干《ひ》あがった川床《かわどこ》を歩いていきました。川の水はひとしずくものこっていません。モナとストロベリーさんだけは、べつの方角にむかいます。ストロベリーさんは、野イチゴのしげみのあいだの小道を指《ゆび》さし、モナにほほえみかけました。

「この道をいけば、ゆか下ホテルのある村にたどりつきます」

いっしょにゆか下ホテルにいくとモナが伝《つた》えてからというもの、ストロベリーさんはうれしそうに、ずっとにこにこしています。

「ついてきてください」

そういうストロベリーさんのあとをついていこうとしたとき、ティリーのさけび声がきこえました。

「モナ、まって！」

かけよってきたティリーは、たねいりマフィンを手にしていました。そして半分にわると、かたほうをさしだしていいました。

「はい、これ」

「ううん、だいじょうぶ。おなかはすいてないから」

「食べるんじゃないの。取《と》っておいてほしいのよ。リスのことわざがあるでしょう？『さよならで半分こ、またあったらいっしょにパクリ』って。だから食べずに取っておいてね。いい？」

ティリーはモナの手にマフィンを押《お》しつけました。

モナはマフィンに目を落《お》としました。小さくてくずれそうで、ハートの半分のように見えます。

「ああ、ティリー……」

つぶやいて顔をあげたときには、もう親友はいってしまったあとでした。

モナは半分のマフィンを葉《は》っぱでていねいにつつむと、エプロンのポケットにしまい、かけ足でストロベリーさんのあとをおいました。ストロベリーさん

はモナに気づき、真顔《まがお》でいいました。

「はなれないようにしてくださいね」

ストロベリーさんが歩くと、麦《むぎ》わら帽子《ぼうし》のリボンがふわふわとゆれます。結《けっ》婚式《こんしき》のときには大雨がふりましたが、それからはカンカン照《で》りがつづき、どこもかしこも茶色くかわききっています。歩くたびに、かわいたコケが足もとでカサカサと音を立てます。

ファーンウッドの森を去《さ》ろうとしているのは、ハートウッドホテルのスタッフだけではありません。ウサギの一族《いちぞく》も見かけました。親子だけでなくおじさんやおばさん、いとこまでつれ立ってにげているようです。子どもたちのおばあちゃんの、そのまたおばあちゃんらしきウサギは、一族が一羽《わ》のこらずついてきているか、せかせかと数えています。木々のあいだから三頭のシカがおどり子のように優雅《ゆうが》にとびだしてきました。シマリスの一家は巣穴《すあな》からはいでて、あわてたようすでつぎつぎにカバンをはこびだしています。

「それ以上《いじょう》、荷物《にもつ》をふやすんじゃないぞ！」

父親の声に、母親がどなりかえします。

「でもまだ、ふきんをカバンにいれていないわ！」

気を取《と》られていると、ストロベリーさんにせかされました。

「まだまだ道のりは長いですから、いそぎましょう。それに、早くモナちゃんにゆか下ホテルを案内《あんない》したくて。ホテルの中はなにもかも、ネズミにぴったりの大きさにできているんですよ」

「それなら、そうじしやすそうですね」

ストロベリーさんは、ほほえみました。

「そうなんです。わたしはそうじも好《す》きで」

「部屋《へや》をきれいにするのは、気持ちがいいですよね」

「ゆかをはくのも」

「備品《びひん》をととのえるのも」

共通点《きょうつうてん》がまた見つかり、モナはにっこりしました。避難《ひなん》しているこんなときでも、うれしい気持ちがあふれてきました。

「ストロベリーさん、わたし……」

「おしゃべりは、またあとにしましょう。ねむるのは森の中ではなく、きっちりそうじのゆきとどいたホテルがいいでしょう？　いそがないと、夜までにホテルにたどりつけなくなってしまいます」

ストロベリーさんはいっそう足を速《はや》め、モナは置《お》いていかれそうになりました。

だいじな話を切りだすチャンスをまたのがし、モナは思わず、「もうっ」とつぶやきました。ぐちっぽいティリーも顔負《かおま》けの、不満顔《ふまんがお》です。そしてストロベリーさんのあとをおいましたが、わかれ道にさしかかったところで、すがたを見うしなってしまいました。動物《どうぶつ》がよくとおるようで、道がならされているほうへ進《すす》もうとしたとき、ストロベリーさんのあせった声がきこえました。

「モナちゃん、そっちはだめよ！　近道だけれど、おそろしい動物がいるの。危険《きけん》をおかすわけにはいかないわ。その道を進んだりしたら……」

ストロベリーさんはそこで言葉《ことば》を止め、身《み》ぶるいしました。しかし、なにをいおうとしているのか、モナにはわかりました。大きな動物《どうぶつ》の足あとがあるのに気づいたからです。モナはおそろしさに全身《ぜんしん》の毛をさか立てて、もうかたほうの道のさきにいるストロベリーさんのほうへかけていきました。細く、あまり動物のとおったあとのない道です。

それからは、ときどき水を飲《の》むために立ち止まるほかは、ただひたすら、長い道のりを進《すす》みました。ようやく、煙《けむり》のにおいのとどかないところにでました。風が煙をちらしたのでしょう。あたたかい息《いき》をふきかけられているかのように、毛で風を感《かん》じます。

空はやはり暗《くら》いままですが、煙のせいではなく、夕暮《ゆうぐ》れが近づいているのでした。モナは、つかれてきました。足はずきずきといたみ、おなかがすいて、ぐーっと鳴ります。しかしストロベリーさんは、おやつ休憩《きゅうけい》は取《と》ろうとしません。

ハートウッドホテルからどんどんはなれ、見なれない景色《けしき》になっていきました。動物の気配《けはい》がします。ヤマアラシが鼻《はな》を鳴らす音でしょうか？　ハタネズミがあばれている音でしょうか？

身《み》をよせたモナは、ストロベリーさんのしっぽにつまずきそうになりました。

そのとき、
ワオ――――ン！

遠吠《とおぼ》えです。キツネの声ではありません。そう、オオカミです！　そういえば、ハートウッドさんはいっていました。オオカミも火事《かじ》で住《す》みかをおわれ、こちらへにげてきていると。安全《あんぜん》なこの道でさえこわいのですから、もうかたほうの道を進《すす》んでいたら、どれだけおそろしかったことでしょう。

「いそぎましょう」

ストロベリーさんは走りだしました。ところが、かけだしたモナはストロベリーさんのしっぽにつまずき、道ぞいのやぶの中に、ふたりともいきおいよくたおれこんでしまいました。

はずみでカバンが遠くにとんでいき、ふたりはやぶの中にわけいって進んでいき、なんとか見つけだしました。しかしふと、あたりを見まわし、ぼうぜんとしました。もときた道にでるにはどの方向《ほうこう》にぬければいいのか、わからなくなってしまったのです。まわりは木の枝《えだ》や根《ね》っこが密集《みっしゅう》していて、さきが見わたせません。モナは必死《ひっし》で心を落《お》ちつかせ、ストロベリーさんの手をひき、もつれた枝々をかきわけて進《すす》みました。

「こっちです」

「ほんとうに、この方向でだいじょうぶ？」

ストロベリーさんはききました。モナは自信《じしん》がありませんでしたが、進みつづけました。しかしやぶをぬけると、そこに道はありませんでした。

「どうしよう、道がわからなくなってしまったわ！」

ストロベリーさんはさけび、モナもパニックになりました。さっきの道には、どうもどればいいのでしょう？　ふりかえっても、やぶの奥《おく》は暗《くら》く、さきが見えません。しかし、ふとなにかが目にはいりました。なぜかこんなところに、見おぼえのあるものがあります。小さな毛布《もうふ》です。かたほうのはしは枝にひっかかり、もうかたほうは赤ちゃんコウモリがにぎっています。その上では、母親と父親のコウモリがとんでいます。赤ちゃんコウモリはいいました。

「ママ、まって！　これがないとねむれないの」

「わかってるけど、いそがなくちゃ！　クラヤーミおじさんがまってるわ」

それをきいて、モナは思わず大声をあげました。

「クラヤーミさまの一族《いちぞく》の方たちだわ！」

するとお母さんコウモリが、声に気づいていいました。

「どちらさま？　おすがたが見えないのですが」

「下です！　なにかお手伝《てつだ》いできることがありますか？」

モナがこたえると、お母さんコウモリは舞《ま》いおりてきました。お父さんと赤ちゃんのコウモリは、毛布《もうふ》を枝《えだ》からはずそうとしています。お母さんコウモリはモナに近づき、まじまじと見るとエプロンに気づいていいました。

「ハートウッドホテルの方ですか？」

モナはうなずいてこたえました。

「はい。でも村へにげるところなんです。村のほうが安全《あんぜん》なので。ただ、道に

まよってしまって」

「村への道なら、やぶのまわりをあちらのほうにまがっていけばありますよ」

そういって、つばさのさきでさしました。不安《ふあん》で言葉《ことば》をうしなっていたストロベリーさんは、ようやく息《いき》をついていいました。

「まあ、ありがとうございます！」

「いえいえ、お礼《れい》を申《もう》しあげなくちゃならないのは、こちらのほうですよ。ハートウッドホテルのスタッフの方が、毛布《もうふ》をわざわざ送《おく》ってくださったんです。うちの子は、あの毛布がないとねむれなくて。ねむってくれないと、いまはほんとうにたいへんで」

モナは、にっこりしました。そのとき、赤ちゃんコウモリがほこらしげに声をあげました。

「ママ、とれたよ！」

「よかったわね！」

お母さんは声をかけると、モナにむきなおっていいました。

「もういかないと」

「わたしたちも、いそぐことにします。ほんとうにありがとうございました」

モナがお礼《れい》をいうと、コウモリたちはパタパタと羽音《はおと》を立て、夜の闇《やみ》に消《き》えていきました。赤ちゃんのかぎづめにしっかりとつかまれた毛布《もうふ》が、風になびいて遠のいていきます。


お母さんコウモリのいっていたほうにむかうと、道が見つかりました。モナは、ほっとしました。

（ティリーもいっしょだったらよかったのに。やっぱり毛布をかえしてよかったって、ティリーも思うはず。つぎにあったときに、教えてあげよう）

そう思いましたが、つぎにあうのはいつのことなのでしょう？　そう思い、胸《むね》がぎゅっとなりました。

エプロンのポケットに手をいれ、ティリーからもらった半分のたねいりマフィンにふれたとき、ストロベリーさんが大声をあげました。

「ああ、やっと!」

ようやく、森のはずれまでたどりついたのです。わかれ道でモナたちがえらばなかった危険《きけん》な道も、ここで合流《ごうりゅう》しています。ちょうどモナの背《せ》たけくらいの高さの看板《かんばん》があり、文字と矢印《やじるし》がほってあります。

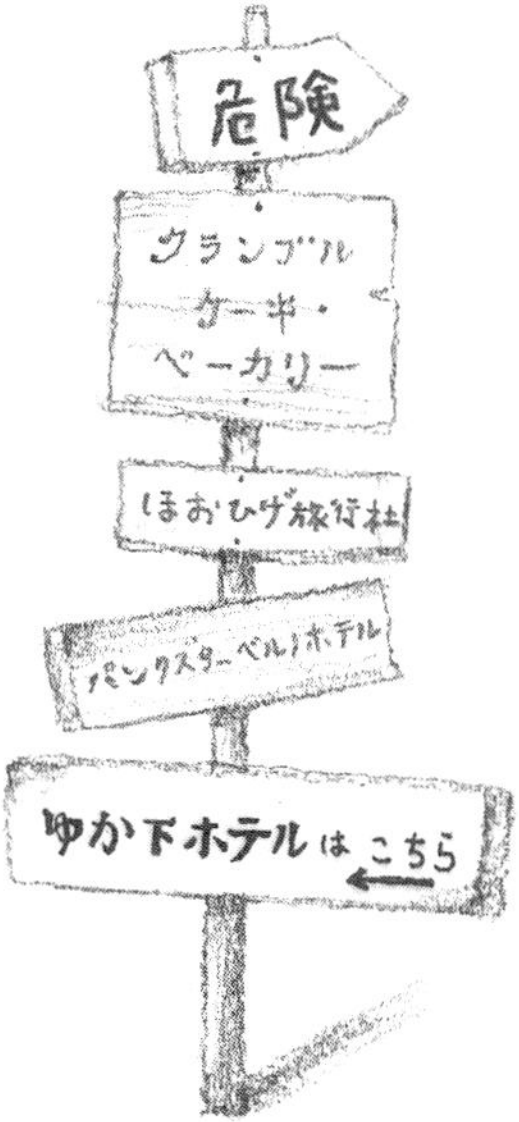

11 ゆか下ホテル

『ゆか下ホテルはこちら』という看板《かんばん》の上には、『クランブルケーキ・ベーカリー』『ほおひげ旅行社《りょこうしゃ》』『パンクズターベルノホテル』と書かれた看板《かんばん》もあります。ストロベリーさんはいいました。

「パンクズターベルノホテルは、ゆか下ホテルのライバルなんですよ」

そのさらに上には、モナたちがさけた、ここまでつづく近道のほうをしめす看板があり、『危険《きけん》』と書いてあります。ストロベリーさんは森のはずれまできて自信《じしん》を取《と》りもどしたようで、モナにいいました。

「もう、しんぱいいりませんよ。ゆか下ホテルは安全《あんぜん》ですから。ネコがやってくることもありません」

ゆか下ホテルの看板がしめす矢印《やじるし》のほうに、ひろい道がつづいていて、川のように小石がしきつめられています。道を明るく照《て》らすのは、星あかりではなく大きな街灯《がいとう》です。人間も暮《く》らす村は、なにもかも造《つく》りがちがいます。その道を進《すす》んですこしすると、ストロベリーさんは道のわきの草むらにはいっていきました。そよ風はいつの間にか突風《とっぷう》にかわり、足もとの草は怒《おこ》ったネズミのしっぽのように、ブンブンとゆれています。片手《かたて》にカバンを持っているストロベリーさんは、もうかたほうの手で麦《むぎ》わら帽子《ぼうし》を押《お》さえながら、草をかきわけて進んでいきます。モナもあとをついていきました。

するとめのまえに、大きな大きな建物《たてもの》がすがたをあらわしました。入り口のドアは、ハートウッドホテルのドアの何倍《なんばい》ものおおきさです。黄色い街灯の光の中でも、かべが上品《じょうひん》に青くぬられているのがわかりました。窓辺《まどべ》にはおしゃれに、つたがはい、屋根《やね》にはえんとつがあります。

ドアには『ホテル』と書かれた札《ふだ》がかかっています。モナは、圧倒《あっとう》されてきました。

「ここなんですか?」

「はい……というか、いいえというか……。この大きな建物《たてもの》は人間のホテルで、あのドアは人間の出入り口です。わたしたちのゆか下ホテルはどこにあるかというと……ついてきてください」

モナは緊張《きんちょう》しながらもわくわくする気持ちで、ついていきました。ストロベリーさんはなぜかドアにはむかわず、ベリーの植《う》えこみのあいだをぬけて、家のよこにまわりこみました。

「わたしの名前は、ここのベリーにちなんでつけられたんです。家族《かぞく》はみんな、それぞれちがう種類《しゅるい》のベリーの名前なんですよ」

(それなら、わたしのお母さんもベリーにちなんで名前をつけられたのかしら。でも、マデリーンなんていう名前のベリーはないわよね)

モナは心の中でつぶやきましたが、それ以上《いじょう》考えるひまはありませんでした。ストロベリーさんが、とつぜん立ち止まったからです。屋根《やね》から地面《じめん》の近くまでつながっている、太い雨どいのところです。モナは、雨どいの先端《せんたん》に『ご用の方は鈴《すず》を鳴らしてください』と書かれた札《ふだ》と、鈴がさがっているのに気づきました。

「みんなを起《お》こさないように、静《しず》かにいきましょう」

ストロベリーさんはそういって、雨どいの中をよじのぼっていきました。中はおどろくほどきれいにそうじされていて、ライトがならび、明るく照《て》らしだされています。ライトの中にろうそくがはいっているようすはなく、いったいどうやってあかりがついているのかと、モナはふしぎに思いました。角度《かくど》が急《きゅう》な場所《ばしょ》には、はしごのステップのように板《いた》が取《と》りつけられています。

半分ほどのぼったところで、ストロベリーさんは足を止めました。雨どいに切れこみをいれた、小さなドアがあります。ドアノブは大きな黒いボタンです。

火事《かじ》がありティリーとはなればなれになって、

うきうきしている場合《ばあい》ではないのですが、それでも心がおどりました。はじめてハートウッドホテルとはちがう、べつのホテルに足をふみいれようとしているのです。しかも、ネズミのホテルです！　それになにより、静《しず》かで心地《ここち》いいホテルですごせば、そのうち、まちにまったタイミングもやってくるでしょう。ストロベリーさんが秘密《ひみつ》を打《う》ちあけてくれる瞬間《しゅんかん》が、やってくるはずです。

ストロベリーさんがドアノブを押《お》すと、キーッと音を立ててドアがあきました。ふたりはそこから橋《はし》のようにかけられている定規《じょうぎ》の上をわたり、またべつのドアをあけてホテルへはいりました。

ロビーはハートウッドホテルとおなじように、きっちりととのえられていますが、置《お》いてあるものはまったくちがいます！

ハートウッドホテルでは家具《かぐ》は、小枝《こえだ》やコケ、木の皮《かわ》、ベリーなどでつくられていますが、このロビーにある家具は、モナがうわさできいたことがあるだけで目にしたことはなかったものでできていました。ボタンやビンのふたを指*ぬきにのせてつくられたテーブル。巻《ま》き糸《いと》のいす。巨大《きょだい》な木のスプーンのさき

＊指《ゆび》ぬき　指にはめてつかう裁縫道具《さいほうどうぐ》で、用途《ようと》によって形がちがう。キャップ状《じょう》のものや指輪《ゆびわ》の形をしたものなどがあり、金属《きんぞく》や皮《かわ》でできている。

の、丸い部分《ぶぶん》だけをカットしてつくったいす。暖炉《だんろ》はありませんが、ゆかに針《はり》でさしたような小さな穴《あな》がたくさんあいていて、そこからあたたかい空気がのぼってきます。

その名のとおり、ここは人間のホテルの二階《かい》の、ゆか下にあるホテルだったのです。人間の落《お》としものをこっそりあつめて家具《かぐ》をそろえているのです。

ひとつだけハートウッドホテルとにているのは、かべにかけられた大きなリボンに、モットーが刺《し》しゅうされていることでした。

幸《しあわ》せは、ゆか下のようなすき間にあるもの

なにもかもネズミにぴったりのサイズにつくられていて、ネズミのにおいもします。ほかの部屋《へや》も見てまわるのがまちきれません。

ロビーのはしに、大きなティーカップをさかさまにしたテーブルがあります。

そこに顔をふせ、おばあさんネズミがねむっています。スタッフが居眠《いねむ》りをし

ているなんて、ジルさんが見たら目をむくでしょう。テーブルには雨どいのはしにあったのとおなじような、小さな鈴《すず》が置《お》いてあり、『ご用の方は鈴を鳴らして起《お》こしてください』と札《ふだ》が立ててあります。

しかし鳴らすまでもなく、おばあさんネズミはバッと起きあがりました。モナはびっくりしてとびあがりました。

「ふんっ！」

おばあさんネズミは大きく鼻《はな》を鳴らしました。からだの毛はくすんだ灰色《はいいろ》ですが、ストロベリーさんとモナに気づくと、その目はするどく光りました。

「ずいぶんおそかったじゃない！　どれだけしんぱいしたと思ってるの！」

そうどなられ、ストロベリーさんは口ごもりました。

「グーズベリーおばあちゃん、ずっとまっていたの？」

「おばあちゃん？」

モナは思わず口をはさみました。このネズミもモナの親戚《しんせき》だということでしょうか？

幸せは、ゆか下のようなすき間にあるもの

ストロベリーさんはつづけました。

「しんぱいしているとは思わなくて……」

「そんなわけないじゃないか。きょう、ハチドリから知らせがとどいて、気が気じゃなかったんだから。孫《まご》に危険《きけん》がせまっているなんて」

「でもおばあちゃん、だいじょうぶだったのよ。火事《かじ》が起《お》きている場所《ばしょ》からは、うんとはなれていたんだから」

グーズベリーおばあさんは、また「ふんっ！」と鼻息《はないき》をふいてさえぎりました。

「そんなんじゃないんだ。もうだいじょうぶじゃないんだよ！」

モナは、わりこみました。

「どういうことですか？」

グーズベリーおばあさんはモナに視線《しせん》をなげると、ストロベリーさんにききました。

「この子が、モナちゃんかい？」

ストロベリーさんがうなずくと、グーズベリーおばあさんはエプロンのポケットからメガネを取《と》りだしてかけました。ぶあついレンズで、目がぎょろっと大きく見えます。見つめられ、モナの背《せ》すじはぴんとのびました。

「まあまあ、かわいいお嬢《じょう》ちゃんだね。お母さんの小さいころにそっくり……」

そこで声をつまらせ、メガネをはずすとレースで涙《なみだ》をふきました。おばあさんはつづけました。

「ストロベリー、つれてきてくれてほんとうにうれしいよ。森はネズミには危《き》険《けん》なのに、ハートウッドホテルで、あのモナちゃんがはたらいているんじゃないかと、森をとおってさぐりにいくなんて。そんなに勇敢《ゆうかん》な孫《まご》だとは思っていなかったよ。火事《かじ》の知らせをきいてからは、かわりにわたしがいけばよかったと後悔《こうかい》していたんだ。モナちゃんには、これからいっしょに暮《く》らしてもらおう」

「えっ？　いえ、わたしは……」

モナがいいよどむと、おばあさんはいいました。

「大歓迎《だいかんげい》だよ。わたしがいるとしんぱいかい？　しんぱいしなくても、そんなにわるいおばあさんじゃないよ。ストロベリーが教えてくれるさ」

モナはまちきれず、さえぎっていいました。

「それより、さっきいっていた『だいじょうぶじゃない』って、どういう意味《いみ》ですか？　教えてください！」

ストロベリーさんもいいました。

「おばあちゃん、教えてちょうだい」

「ハチドリからきいていないのかい？　風を感《かん》じなかったのかい？」

おばあさんはレースをぎゅっとにぎりしめ、つづけました。

「おまえたちがこっちにむかっているときに、ハチドリがわるい知らせをとどけたんだ……これ以上《いじょう》ないくらい、わるい知らせだよ」

おばあさんにつられ、モナも深呼吸《しんこきゅう》をしました。おばあさんは告《つ》げました。

「風で燃《も》えひろがっているのさ。火は石だらけの荒野《こうや》をこえ、ハートウッドホテルにせまっているんだよ」

12 ストロベリーさんの秘密《ひみつ》

おばあさんの言葉《ことば》をきいた瞬間《しゅんかん》、モナは頭の中に煙《けむり》が立ちこめるかのように、気が遠くなっていきました。ロビーがぐるぐるとまわり、うすれる意識《いしき》の中で、おばあさんの声がきこえてきます。

「ハートウッドホテルのオーナーが、対策《たいさく》をはじめたらしい。堀《ほり》をつくったりバケツに水をためたりしているらしいと、ハチドリの知らせできいたよ。でも、ふたりがにげてきてよかった」

堀？　バケツ？　なんのことでしょう。おばあさんの声が遠くきこえます。

「ホテルに火の手がおよぶのも、時間の問題《もんだい》だとハチドリはいっていたよ」

モナは頭をはっきりさせようと、ぎゅっと目をつぶりました。そんなことになるはずがありません！　ハートウッドさんは、ホテルにまで火の手がおよぶ

ことはないといっていたのです。

そのとき、

「モナ、だいじょうぶ？」

というストロベリーさんの声がおぼろげにきこえました。おばあさんの声もきこえます。

「お茶とパンくずを用意《ようい》してあげなさい。どのくらい食事《しょくじ》させてなかったんだい、ストロベリー？」

「よこになるといいわ。モナちゃん、こちらへどうぞ」

ストロベリーさんに手をひかれるのを感《かん》じながら、よろよろと歩いていきました。目にはいるものも、きこえる音も、夢《ゆめ》の中のようにぼんやりとしています。ろうかを進《すす》み、どこかの部屋《へや》に案内《あんない》されました。そしてリボンをぬいあわせたキルトのかかったベッドへと、うながされました。

小さな水玉もようのエプロンをつけたテントウムシが、パンくずをトレーにのせてはこんできてくれました。食べてみると、バターたっぷりでサクサクしています。コオロギが、コップのような形の指《ゆび》ぬきにいれてはこんできた飲《の》み物《もの》は、つめたくあまく、さわやかなお茶でした。

おなかが満《み》たされると、しだいに頭がはっきりとしてきました。そして、ここは客室《きゃくしつ》だと気づきました。ベッドのわきには小さなテーブルがあり、リボンをぬいあわせたクロスがかけられています。部屋《へや》のすみにはモナの背《せ》たけよりも高いえんぴつが立てかけられ、てっぺんにバスローブがかかっています。洋服《ようふく》かけとしてつかっているようです。かべには優美《ゆうび》なネズミの絵がかざられています。

コオロギが、かん高い声で説明《せつめい》しました。

「こちらの絵にえがかれているのは、チューチューバレエ団《だん》のプリマバレリーナです。このお部屋《へや》に宿泊《しゅくはく》されたことがあるのですよ！　これまで多くのネズミのお客《きゃく》さまが、せわしないそとの暮《く》らしにつかれ、身《み》をやすめ、元気を取《と》りもどすために宿泊されてきました。そして今回はモナさまが、というわけです。ここではモナさまは、すっかり有名人《ゆうめいじん》なのですよ。ゆか下ホテルはいちども『まつぼっくり新聞』に掲載《けいさい》されたことがありませんが、ハートウッドホテルは三度《ど》も掲載されていますよね。それもすべて、モナさまのご活躍《かつやく》によるところとか！」

するとストロベリーさんが、わってはいりました。

「ジェームズ、いまはそのくらいにして。お茶をありがとう。もういっていいわよ」

「わかりました」

コオロギのジェームズさんは、いそいそとでていき、モナとストロベリーさんはふたりきりになりました。ストロベリーさんはキルトのしわをのばしながらいいました。

「ジェームズは、ゆか下ホテルをとても誇《ほこ》りに思っているんです。気分はどう?」

(すこしは、よくなったけど……)

モナは心の中でつぶやきました。ハートウッドホテルに危険《きけん》がせまっていると知ったいま、すっかり気分がよくなることなどあるはずがありません。へんじのないモナに、ストロベリーさんはいいました。

「そのうちよくなりますよ。ここにいれば安全《あんぜん》です。ハートウッドさんが避難《ひなん》させてくださったことに、感謝《かんしゃ》しなければいけませんね」

「でも……わたしの家は、ハートウッドホテルなんです」

モナはつぶやきました。

「わかっていますよ。でもだいじょうぶ。わたしとおなじように、モナちゃんもゆか下ホテルをわが家だと思えるようになりますよ。ところで……話したいことがあるんです。ずっと話したかったことが」

（えっ、いま？）

幸《しあわ》せな秘密《ひみつ》を、こんなときに打《う》ちあけられるのでしょうか？　全然《ぜんぜん》、ぴったりのタイミングではありません。ストロベリーさんが切りだすまえに、モナは口走りました。

「わたし、わかってます」

そしてからだを起《お》こすと、エプロンのポケットからペンダントを取《と》りだしました。ストロベリーさんは大きく目を見ひらきました。

「どうして……どこで見つけたんですか？」

「わすれものコーナーにあったのを、ティリーと見つけたんです」

モナがペンダントをさしだすと、ストロベリーさんはそっと受《う》け取り、ふるえる声でいいました。

「子どものころ、モナちゃんのお母さんといっしょにおなじものをつくって、おたがいにプレゼントしたんですよ」

「そうなんじゃないかって、ふたりで想像《そうぞう》していました」

「それはうれしいわ」

「ふたりで、というより、ほとんどティリーが想像《そうぞう》したことでしたけど」

ストロベリーさんはうなずきました。

「ティリーさんは、かしこいですからね。親友はおたがいのことについては、鼻《はな》がきくものです」

おたがいについて鼻がきく、というのがどういう意味《いみ》なのか、モナにはわかりませんでしたが、「かしこい」といわれたことを知ったらティリーはよろこぶだろうと思いました。早くティリーに報告《ほうこく》したくてたまりません。でもホテルからみんなが去《さ》って、モナもしばらくここで暮《く》らすことになったいま、いつまた親友にあえる日がくるのか、わかりません。知らず知らずのうちに、ぐすんと鼻をすっていたようで、ストロベリーさんがモナをぎゅっとだきよせました。

「ほらほら、元気をだして、かわいいモナちゃん。なにもかもうまくいくわ。わたしの家、わたしのホテルが、どうしてモナちゃんのわが家でもあるのか、もうわかったでしょう?」

「どうして、すぐに教えてくれなかったんですか?」

するとストロベリーさんは、ためらいながらいいました。

「それは……ひとつ打《う》ちあければ、なにもかも話してほしいといわれるんじゃないかと思って。そしたら……」

ストロベリーさんは口ごもりながらも、つづけました。

「わたしとはかかわりたくないと思うんじゃないかと、不安《ふあん》だったんです。打ちあけるまえに、まずはすこしでも親《した》しくなっておいたほうがいいと思って」

「どういう意味《いみ》ですか?」

モナがきくと、ストロベリーさんは首をよこにふりました。

「それは……いまはまだ、話すときではないと思うんです。もうすこしまってください」

「いいえ、いま教えてください」

モナは、きっぱりといいました。いまがいいタイミングではなかったとしても、知りたかったのです。ストロベリーさんは、ふるえる声でいいました。

「わかりました。……ずいぶん昔《むかし》の話です。ある日、わたしたちは森にピクニックにいきました。モナちゃんのご両親《りょうしん》がようやくあたらしい家を見つけて、ゆか下ホテルをでていくことになったので、ひっこし祝《いわ》いのピクニックでした。終《お》わったあとは、家にむかうことになっていました」

「わたしは？　もう生まれていたんですか？」

ストロベリーさんは、ほほえみました。

「ええ、とってもかわいらしい赤ちゃんでしたよ」

モナはなにか思いだせることはないかと、記憶《きおく》をほりおこしました。するとしだいに、ぼんやりと光景《こうけい》がうかんできました。そう、バスケットがありました。スウィートグラス*を編《あ》んでつくられた小さなバスケットです。お日さまの光でほかほかにあたたまった、たねいりマフィンも。おとなのネズミのひげの、くすぐったい感触《かんしょく》もよみがえってきました。そして……雨もふっていたような……。

＊スウィートグラス　イネ科の植物《しょくぶつ》で、甘《あま》い香《かお》りがする。乾燥《かんそう》させたスウィートグラスは、かごの材料《ざいりょう》としてつかわれる。

ストロベリーさんはつづけました。

「でもデザートを食べていたとき、きゅうに雨雲が立ちこめて、空が暗《くら》くなってきたんです。わたしは、ゆか下ホテルはすぐそこだからいっしょにもどりましょうといいました。でもマデリーンとティモシーは、早くあたらしい家にいきたくてしかたがなかったんです。これ以上《いじょう》ホテルのお世話《せわ》になるわけにはいかない、といって。わたしはいいました。『えんりょなんていらないわよ。ゆか下ホテルはいつだって、あなたたちを歓迎《かんげい》しているんだから』と。だってモナちゃんのお母さんは、なんというか……」

「家族《かぞく》だから」

「そう。家族なんですから。でも、きく耳を持ってくれませんでした。どうしても早くあたらしい家にいきたいと、モナちゃんをだき、クルミのからのカバンを手に、いってしまいました……。もっと強くひきとめるべきでした。おいかけてつれもどせばよかった。おそろしい嵐《あらし》がやってきたのは、わたしがホテルについたあとのことでした」

モナは、つぶやきました。

「お母さんとお父さんは、その嵐《あらし》で……。あのカバンとわたしだけがぶじだったんですね」

「そうですね……。ずいぶんたってから、『まつぼっくり新聞』でハートウッドホテルの記事《きじ》を目にしました。それからモナという名の、おさないネズミのメイドがいると知って、息《いき》をのみました。それで、あのとき赤ちゃんだったモナちゃんが、生きのこってハートウッドホテルではたらいているんじゃないかと、さぐりにいったんです」

ストロベリーさんは、目に涙《なみだ》をうかべてつづけました。

「どうして打《う》ちあけるのがこわかったのか、これでわかってもらえたでしょう？　ご両親《りょうしん》を、あのときもっと強くひきとめていたら……と、ずっと自分を責《せ》めてきました」

「ストロベリーさんのせいじゃありません」

モナは首をよこにふっていいました。お母さんとお父さんがいなくなってしまったことを、ずっとさびしく思ってきました。しかしそれはストロベリーさんのせいではありません。ストロベリーさんは悲《かな》し気《げ》にほほえみました。

「モナちゃんはお砂糖《さとう》みたいにあまやかでかわいらしいけれど、強いところもあるのね。ぴりっとコショウをきかせたみたいに」

そしてペンダントをかえすといいました。

「そろそろいきますね。ゆっくりやすんで」

ストロベリーさんはモナをぎゅっとだきしめると、おでこにキスをして部屋《へや》をでていきました。

やわらかいベッドでしたが、いつもハートウッドホテルで寝《ね》ている羽毛《うもう》のマットレスとはちがい、落《お》ちつきません。モナはしきりに寝がえりを打《う》ちながら、ぐるぐると考えをめぐらせました。お母さんたちのこと、ハートウッドホテルのこと、そしてまたお母さんたちのこと……。ゆか下ホテルにもどっていれば、お母さんたちはぶじだったでしょう。もうどうしようもありませんが……。

でも、いまのモナにとってたいせつな家族《かぞく》、ハートウッドホテルのスタッフは、みんなぶじです。ティリーとヘンリーはもう、ガッツたちの家についているでしょう。はるか遠くへいってしまったような感《かん》じがします。そして半分にわけた、たねいりマフィンのことを思いだしました。『いっしょにパクリ』とできる日は、やってくるのでしょうか？

ベッドの上でからだを起《お》こしたモナは、ポケットからつつみを取《と》りだし、注《ちゅう》意《い》ぶかくあけました。

（えっ、そんな！）

ここまでくるあいだに、マフィンはぼろぼろにくずれてしまっていました。中にはいっていた、ひとつぶのたねしか、のこっていません。きっとこれは、なにかわるいことが起きる予兆《よちょう》です。モナはたねをつつんでポケットにもどすと、よこになり、まくらに頭をしずめました。涙《なみだ》があふれてくるのを感じ、こぼれ落《お》ちるまえに目を閉《と》じました。泣《な》くのはいやだったのです。

ようやくねむりに落ちましたが、夢《ゆめ》の中では洪水《こうずい》が起き、やがて水が炎《ほのお》にすがたをかえていきました。炎《ほのお》がせまり、からだじゅうの毛が焼《や》けるようにあつくなっていきます。もう、にげられない！　……そう思ったとき、目がさめました。胸《むね》がドクドクと脈打《みゃくう》っています。はっと部屋《へや》を見まわしました。

(ここはどこ？　ハートウッドホテルじゃないけれど……)

もちろん、ここはゆか下ホテルです。ハートウッドホテルは……モナのわが家は……もうすぐなくなってしまうでしょう。焼きつくされ、思い出だけをのこして。火事《かじ》が、憎《にく》らしくてたまりません。のどがぎゅっと苦《くる》しくなり、口はからからです。

飲《の》み物《もの》のはいっていた指《ゆび》ぬきをのぞきましたが、からっぽです。お茶を飲みたいと思ったモナは起《お》きあがり、しのび足で部屋をでました。ろうかにはライトがありますがうす暗《ぐら》く、しんとしています。

(みんな、ねむっているのね)

わざわざストロベリーさんを起こしたくはありませんし、そもそもどの部屋にいるのかもわかりません。モナは自分でキッチンをさがすことにしました。

どちらへ進《すす》めばいいかわからないままろうかを歩いていくと、べつのろうかにでました。ホテルに宿泊《しゅくはく》したことのある有名《ゆうめい》なネズミたちの肖像画《しょうぞうが》がかべにならぶ、暗《くら》いろうかです。キッチンはどこにあるのでしょう？

そのとき、ろうかのつきあたりのドアのほうから、チーズとシナモンの香《かお》りがただよってくるのに気づきました。ドアはあいています。モナはこっそりのぞいてみました。

部屋《へや》には長いすと長テーブルがあり、ボウルやおさらがならべられ、朝食の準備《じゅんび》がととのっています。長テーブルのはしにもいすがあります。そのようすはハートウッドホテルとおなじですが、ここではすべてネズミ用のサイズになっています。

かべぎわには、食《た》べ物《もの》のくずがいっぱいにはいった大きなバケツがならんでいて、ラベルには『ゆか』『テーブル』『ソファー』とあります。ゆか上のどこでひろったのか、場所《ばしょ》ごとにわけているのでしょう。『要注意《ようちゅうい》』と書かれたラベルのバケツもあり、中には食べていいかどうか、あやしげなくずがはいっています。

お茶はどこでしょう？　カウンターをのぞきにいこうとしたとき、声がきこえてきました。

「なんてかわいそうなのかしら……」

話し声はしだいに大きくなり、足音と、なにかをひきずるような音もきこえてきました。モナはバケツのうしろにかくれました。

バケツのよこからこっそりのぞいてみると、ぼんやりと光っているところがあるのに気づきました。一ぴきのホタルとコオロギのジェームズさんが、バスケットをひきずっています。中にはモナのからだとおなじくらいの大きさのクラッカーが一枚《まい》はいっています。ホタルの声がきこえてきます。

「あの子を見た？　まだ子どもだね」

二ひきはクラッカーをくだいて小さくし、モナとははなれた場所《ばしょ》にあるバケツにうつしかえています。ジェームズさんの声もきこえます。

「うわさによると、ミミズクに立ちむかったこともあるとか」

「オオカミをおいはらったって、うわさもきいたよ」

モナのうわさ話をしているのです！　ジェームズさんがいいます。

「モナさんが目をさまされても、あのことはお伝《つた》えしてはいけませんよ。これ以上《いじょう》モナさんがしんぱいしないように、あえて伝えなかったと、グーズベリーさんがおっしゃっていましたので」

しんぱいとは、なんのことでしょう？　しかしすぐにわかりました。ホタルは背中《せなか》のあかりを点滅《てんめつ》させながらいいました。

「ああ、あとからハチドリが知らせてきたことだね……ひとりでホテルを守《まも》ろうとしていたオーナーが、行方《ゆくえ》知れずらしいね。ビーバーロッジにもいないって。火がますます強くなっているらしいし、しんぱいだよ。水がたくさんあって安全《あんぜん》だから、森じゅうの動物《どうぶつ》たちはいま、ビーバーロッジに避難《ひなん》しているのに。どこにいるんだろう？」

「ここには、いらっしゃるはずはないですしね。ゆか下ホテルにアナグマがいらっしゃれば、どうなることか！」

モナは息《いき》が止まりそうになりました。ふたりはハートウッドさんのことを話しているのです！

ホタルはクラッカーのさいごのかけらを、さらにくだきながらいいました。

「いこう。下の階《かい》から、まだはこんでこないと。図書室《としょしつ》のひじかけいすの下に、三角チーズが丸ごと落《お》ちてるのをネズミのスタッフが見つけたらしいんだ」

二ひきは、からっぽのバスケットとともにとんでいきました。モナはぼうぜんとし、ゆっくりと立ちあがりました。ふたりの話が信《しん》じられませんでした。

ハートウッドさんは行方不明《ゆくえふめい》なのでしょうか？　いったいどこへいってしまったのでしょう？　いままで、スタッフもハートウッドさんもぶじだと思いこんでいたのに。不安《ふあん》で、ほおひげがぶるぶるとふるえます。

ビーバーロッジ以外《いがい》に思いあたる場所《ばしょ》はありません。いつもホテルにいるハートウッドさんが、それ以外の場所にでかけたのは見たことがありません。ほかのスタッフがみんな避難《ひなん》のためにホテルをあとにしたときも、まだとどまっていました。

そういえばあのとき、ハートウッドさんはいつもとはちがい、つぎはぎだらけのベストを着《き》て軍手《ぐんて》をつけ、長靴《ながぐつ》をはいていました。気にもとめていませんでしたが、いま思いかえすとへんです。グーズベリーおばあさんが「堀《ほり》をつくったりバケツに水をためたりしているらしい」と、みょうなことをいっていたのも思いだしました。モナたちはそんなことをしたおぼえはありません。

まさか……みんなが避難したあとに、ハートウッドさんがひとりでやったのでしょうか？

ハチドリがハートウッドさんのすがたを見つけられないなら、理由《りゆう》はただひとつ。ホテルを去《さ》っていないからです！

（絶対《ぜったい》にそう！）

心の奥《おく》からひげのさきまで、からだじゅうが確信《かくしん》にふるえました。でも、いったいどうして？ せまりくる炎《ほのお》にひとりで立ちむかうなど、できるはずがありません！ 火事《かじ》の燃《も》えひろがるいきおいが、石だらけの荒野《こうや》をのりこえるほどなら、堀《ほり》をつくろうと、バケツに水をためようと、焼《や》け石《いし》に水です。

モナはキッチンをとびだしました。ストロベリーさんをさがして、伝《つた》えるべきでしょうか？ でも伝えたところで、どうなるでしょう？ モナがホノオを助《たす》けにいこうとしたとき、ストロベリーさんは止めようとしました。かよわい赤ちゃんギツネだったのに。火事ともなれば、しんぱいして、なおさらひきとめようとするでしょう。モナは自分の身《み》は守《まも》れます。炎を目のまえにしたら、ひきかえすつもりです。ストロベリーさんにそういったところで、なっとくしてくれるでしょうか？

うす暗《ぐら》いろうかをなんとかたどってロビーにでて、テーブルにたどりつき、紙とえんぴつを手に取《と》りました。

ストロベリーさんへ
ハートウッドホテルにもどります。ハートウッドさんがあぶないんです！
どうか、わかってください。

さいごは、どうしめくくったらいいでしょう？　ストロベリーさんへの思いや感謝《かんしゃ》の気持ちを、どう伝《つた》えればいいでしょう？　であうのがこんなタイミングでなかったらと、モナがどれだけ思っているか、どう書けば伝わるでしょう？
モナは小さなハートをひとつ描《えが》いて、こう書きそえました。

♡　あなたのめい　モナより

13

ふたたびわが家へ

モナは雨どいをすべりおり、草むらをかけぬけました。川のように小石がしきつめられた道にでて、かけていくとちゅう、足もとがぐらっとゆれて、ころびそうになりました。しかしネズミというものはみんなそうですが、バランスをとるのがじょうずなモナは、なんとかからだを立てなおし、祈《いの》りながら走りつづけました。

(間にあいますように、間にあいますように!)

やがて、森の入り口の看板《かんばん》のところまでたどりつきました。

『危険《きけん》』

そう文字のある看板は、ファーンウッドの森をさしています。モナとストロベリーさんがたどってきた道ではなく、もうひとつの道です。ストロベリーさ

んの声がよみがえります。

――そっちはだめよ！　近道だけれど、おそろしい動物《どうぶつ》がいるの。

モナたちがえらんだ道は、ハートウッドホテルからゆか下ホテルまで半日以上《いじょう》かかりました。いまは時間がありません。

（ハートウッドさんを助《たす》けなくちゃ！）

モナは『危険《きけん》』という看板《かんばん》がしめす近道に目をやりました。動物がよくとおるようで、ふみかためられています。安全《あんぜん》な道よりもずっと歩きやすそうです。しかしとてもひらけていて、とっさに身《み》をかくせるようなしげみはありません。モナは全身《ぜんしん》の毛をさか立てながら、たおれた枯《か》れ木のあいだをぬけ、その道を進《すす》んでいきました。

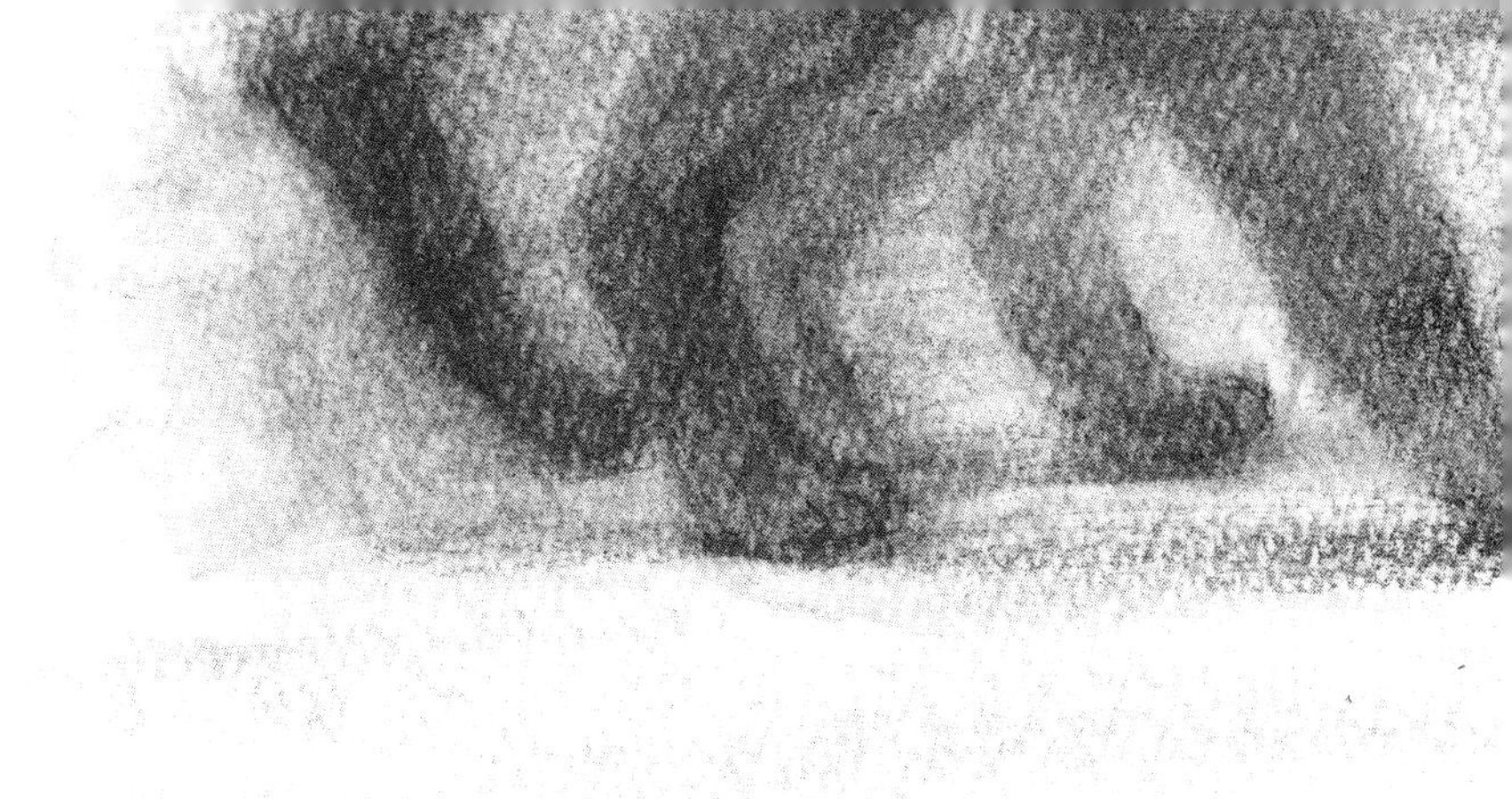

　あたりの空気は煙《けむり》のにおいと、オオカミやミミズクの息《いき》のむっとするにおいがいりまじっています。道ばたに、ミミズクのはきすてた小さな動物《どうぶつ》の骨《ほね》と毛が落《お》ちているのが目にはいり、モナは悲鳴《ひめい》をあげました。しかし、ひきかえすわけにはいきません。

　そのとき、道のさきから声がきこえてきました。

「アラクレ、こっちだ！」

「あいよ、ニガリ！」

　ききおぼえのある声……。そう、数か月まえの秋に、ハートウッドホテルをおそおうとしたオオカミです！　地面《じめん》をふみ鳴らす足音が近づいてきます。

　モナはおそろしさに、こおりつきました。

　ところがオオカミたちは、モナのよこをそのままとおりすぎていきました。アラクレとニガリのひきいるオオカミの群《む》れは、子どものオオカミもひきつれ、早足で歩み去《さ》っていきます。みんな、からだの毛にべったりと、すすがついていて、恐怖《きょうふ》に満《み》ちた目がぎらぎらと光っています。

オオカミたちは火事《かじ》におびえ、にげるのに夢中《むちゅう》で、モナのことなど目にはいっていなかったのです。モナは自分もにげたほうがいいと、動物《どうぶつ》の勘《かん》でわかりました。

しかしそれでも、道を進《すす》んでいきました。すると、想像《そうぞう》もしなかった光景《こうけい》が目にはいってきました。イタチがリスの家族《かぞく》とならんで小走りでにげています。空からはタカが舞《ま》いおりてきましたが、獲物《えもの》をねらっているのではなく、

「にげろ、早く！」

と動物たちにさけんでいます。森じゅうの動物たちがあわてふためき、いつものすがたをわすれています。

そのとき、さらにありえないことが起《お》きました。高い木々のあいだから、雪が舞い落《お》ちてきたのです。どうして夏に雪が!?　しかしよく見ると、雪はにごっ

ていて重《おも》たく、ぱさぱさしています。

雪ではありません。灰《はい》です！

灰はモナのからだにも、ばさばさと重たくつもりはじめました。どこまでさきに進《すす》めるのでしょう？　火事《かじ》の熱《ねつ》と煙《けむり》で、息《いき》も苦《くる》しくなってきました。炎《ほのお》はすぐそこまでせまっているはずです。まさか、もうハートウッドホテルは……。

足を速《はや》め、角をまがると、かわききった川の土手が見えました。そしてとのえられたコケも、木も。ハートウッドホテルです！　まだ火の手はおよんでいなかったのです！

ホテルの大木は、いつにも増《ま》して高くそびえ立って見えます。しかし堂々《どうどう》たる風格《ふうかく》はなく、王冠《おうかん》のようにかがやいていたはずの葉《は》は、灰でくすんでいます。太い枝々《えだえだ》は、まるでそこから生《は》える小枝をかりこまれたかのように、か細く見えます。かわいた堀《ほり》がホテルを丸くかこみ、水のはいったバケツがいくつも置《お》いてあります。ハートウッドさんがひとりでやったのでしょう。しかしあかりのついている部屋《へや》はありません。

一流《いちりゅう》の高級《こうきゅう》ホテルの面影《おもかげ》はなく、古いカシの大木にしか見えません。涙《なみだ》がこみあげてくるのは、煙《けむり》のせいではありません。これがどういうことなのか、モナにはわかりました。

ただ、お父さんが彫《ほ》ったハートは、玄関《げんかん》のドアにのこっています。モナは自分を奮《ふる》い立たせ、堀《ほり》をのりこえ、ハートを押《お》しました。これまで何千回と、動物《ぶつ》たちがホテルにはいったときとおなじように、カチャリと音を立ててドアはあきました。

ロビーは暗《くら》く、しんとしています。静《しず》まりかえった空気の中で、モナの心臓《しんぞう》の音だけがどくどくとひびきます。ドアを閉《し》めると、カウンターのうしろにずらりとさがったかぎがゆれ、カタカタと音を立てました。小枝《こえだ》でできた家具《かぐ》は、ピクニックのときにかべぎわによせたままで、暖炉《だんろ》の上はかざりけがありません。かべにかざられた、チクリーさんの結婚式《けっこんしき》の絵がさびしげに目をひきます。みんなが笑顔《えがお》で絵におさまった、あの瞬間《しゅんかん》が、ずいぶん昔《むかし》のことに思えます。

モナは心細くなり、大声でよびかけました。

「ハートウッドさん！　ハートウッドさん！」

しかし声は、むなしくひびくだけです。へんじはありません。ハートウッドさんの事務室《じむしつ》をのぞいてみましたが、すがたはありません。大広間《おおひろま》や食堂《しょくどう》ものぞいてみましたが、お客《きゃく》のすがたはもちろん、ほっとするいつもの光景《こうけい》はどこにもありません。ドングリバターたっぷりのたねいりマフィンや、ドングリスフレのナッツの香《かお》り、おしゃべりや歌声も……。

「ハートウッドさん！」

もういちどよびかけましたが、その声はホテルの中を三度《ど》こだまして、消《き》えていきました。キッチンやほかの部屋《へや》もすべてのぞいてみましたが、やはりすがたはありません。いったい、どこへいってしまったのでしょう？

（そうだ！）

まだのぞいていない部屋があるのに気づきました。ハートウッドさんの部屋です。

ホテルの数多くある部屋の中で、モナはハートウッドさんの部屋だけ、いちども足をふみいれたことがありません。ティリーもはいったことがないはずです。階段《かいだん》をかけおりて、キッチンやスタッフの部屋のならぶ階も、冬眠用《とうみんよう》の客《きゃく》室《しつ》の階もとおりすぎ、地中ふかくつくられたいちばん下の階へとむかいました。火事《かじ》の熱風《ねっぷう》のせまる地上の階とくらべると、地下はすずしくはありますが、それでも安全《あんぜん》とはいえません。炎《ほのお》がホテルをつつめば、大木の根《ね》まで焼《や》きつくすかもしれないのです。

(いそがなくちゃ!)

ようやくハートウッドさんの部屋《へや》のまえにたどりつきました。大きな木のドアがあいています。

「ハートウッドさん?」

モナはささやくようによびかけ、足をふみいれました。

これまでモナは、ハートウッドさんの部屋はきっと、お客用《きゃくよう》の特別室《とくべつしつ》よりも豪華《ごうか》でひろびろとしているのだろうと想像《そうぞう》していました。しかしはじめて目にしたその部屋は、やっとひとりがやすめるくらいのつつましやかな空間でした。ホテルの心臓部《しんぞうぶ》ともいえるまん中の根《ね》のわきに、ひっそりとつくられています。本がずらりとならんだ小さな本棚《ほんだな》と、つくえがあります。そのむかいの、乾燥《かんそう》した草を編《あ》みこんだ簡素《かんそ》なベッドに、ハートウッドさんはすわっていました。

長靴《ながぐつ》とつぎはぎだらけのベストすがたのままですが、軍手《ぐんて》はぬいで、わきにおいています。うなだれた視線《しせん》のさきにある両手《りょうて》は、白いまくらカバーでぶかっこうに包帯《ほうたい》がまいてあります。モナがクッションのカバーでキツネに包帯をまいたのとおなじように。堀《ほり》をつくるためにひとりで土をほりつづけ、ケガをしてしまったのでしょう。

「ハートウッドさん……」

　やさしくよびかけると、ハートウッドさんはおどろいてとびあがりました。そしてモナに気づき、かたほうの手で目をふきました。泣《な》いていたのです。しかしモナをまっすぐに見ると、その目には力がやどり、ほおひげがぴんと立ちました。ハートウッドさんは立ちあがり、威厳《いげん》たっぷりの声でいいました。

「モナくん！　なんということだ。ここへもどるなど、言語道断《ごんごどうだん》。でていきたま

え、安全《あんぜん》なゆか下ホテルへいくのだ！」

目は大きく見ひらき、ほおひげは針《はり》のようにするどく立っています。

「わたし……ハートウッドさんを助《たす》けようと思って」

自分の行動《こうどう》はまちがいだったのかと、きゅうに不安《ふあん》になり、モナはつぶやきました。

「助けなどいらぬ！」

「でも、ハートウッドさん……火がせまっているんです」

「わかっている。だからこそ、でていきたまえといっているのだ！　さあ、早く！」

「でも……いっしょにきてください」

「わたしはいけぬ。しかし、きみはいくのだ」

強い口調《くちょう》にたじろぎ、モナはあとずさりました。ハートウッドさんを助けたいと、それだけを考えて必死《ひっし》でかけてきたモナは、ハートウッドさんがにげたくないといいだすなど、想像《そうぞう》もしていなかったのです。

ハートウッドさんはモナに歩みより、部屋《へや》から押《お》しだし、階段《かいだん》へとうながしました。

「で、でも……」

モナがそう口にしても、ハートウッドさんは耳をかたむけようとせず、モナの背中《せなか》を押して階段をのぼり、ロビーをよこぎり、玄関《げんかん》ドアへとつれていきました。

「ハートウッドさん、おねがいです！」

モナは必死《ひっし》でうったえましたが、ハートウッドさんは首をよこにふり、ドアをあけました。そとの煙《けむり》がいっきに流《なが》れこんできました。ハートウッドさんは、せきこみながらいいました。

「モナくん、わかってくれ。わたしはホテルを守《まも》らねばならない。ヒギンズくん夫妻《ふさい》やジルくん、ティリーくん、ヘンリーくん、そしてきみのためにも……」

ハートウッドさんをふりかえると、うしろにある結婚式《けっこんしき》の絵が目にはいりました。スタッフがそろってハートウッドさんをかこんでいる絵です。

ホテルの大木ではなく、ハートウッドさんをかこんで……。

モナは、ずっとかんちがいをしていたことに気づきました。ハートウッドホテルは、生気《せいき》をうしなったこの大木ではありません。身《み》を危険《きけん》にさらしているハートウッドさんこそが、ハートウッドホテルなのです。

「わたしはホテルにとどまらねばならない」

「いいえ、ハートウッドさん、ホテルはあなたなんです！　ホテルを救《すく》いたいんですよね？　それなら、あなたが助《たす》からなければ。きてください」

モナは、そとへふみだしました。こい煙《けむり》がいっきに重《おも》くからだをつつみます。息《いき》が苦《くる》しく、まえも見えません。

「わたしもこの木が大好《だいす》きです。ほんとうに。その気持ちはあなたに負《ま》けません。木を守《まも》るためにできることはすべて、やったじゃありませんか。あとは、木が自分でがんばる番です」

そのさきは煙《けむり》で息《いき》がつまり、口にすることはできませんでした。せきこんでうずくまったモナが、ようやく呼吸《こきゅう》を取《と》りもどし立ちあがったとき、バタンとドアが閉《し》まりました。

ハートウッドさんは、モナの言葉《ことば》をきいていなかったのでしょうか？

それはわかりません。ただモナにわかっているのは、もう自分もあぶない、にげなければならないということだけでした。そのとき……。

ふたたびドアがあきました。煙でかすむ視界《しかい》の中に、ハートウッドさんが歩みでてきたのです。

14

せまりくる炎《ほのお》

ハートウッドさんは小さなカバンを手にしていました。

「モナくん……」

「ハートウッドさん！」

モナがぎゅっとだきつくと、ハートウッドさんはモナの頭をなで、煙《けむり》でしゃがれた声でいいました。

「ありがとう。さあ、川ぞいをいこう。そのさきにビーバーロッジがある」

煙は、いっそうこくなってきました。鼻《はな》がいたくなってきたモナは、ヘンリーがタマネギのにおいがするといって、しっぽで鼻をおおっていたのを思いだしました。煙のにおいを、タマネギのつんとするにおいとまちがえたのでしょう。

モナはエプロンで顔をおおい、目だけだして、ハートウッドさんのうしろをぴっ

たりついていきました。灰色《はいいろ》の煙《けむり》でまわりが見えず、どこへむかっているのかわかりません。そのときとつぜん、ハートウッドさんが立ち止まりました。

足もとを見ると、ちょうど堀《ほり》のところにいるのがわかりました。そのさきでは、森が火をふき、火《ひ》の粉《こ》が枝々《えだえだ》をとびかっています。木々はぎしぎしと悲鳴《ひめい》のような音を立てています。恐怖《きょうふ》であとずさりするモナを、ハートウッドさんはひきよせました。

「こっちだ、うらをまわればぬけられるかもしれぬ」

ふたりはホテルのうら手へ走りました。しかしやはり、堀のさきは火の海です。ホテルは四方八方《しほうはっぽう》、炎《ほのお》にかこまれていました。ハートウッドさんはさけびました。

「おそすぎた。モナくんまでまきこんでしまうとは。わたしのせいだ！」

ホテルですごした日々、数々の冒険《ぼうけん》や、のりこえてきた危機《きき》が、ぐるぐると頭をかけめぐります。しかし、いまの危機をのりこえるヒントは見つかりません。

いえ……。

「トンネル！　ハートウッドさん、トンネルがあるじゃないですか！」

エプロンでおおわれ、くぐもった声ですが、ハートウッドさんの耳にはしっかりとどいたようです。ハートウッドさんはいそぐあまりカバンを何度《なんど》も落《お》としそうになりながらも、モナをつれて庭《にわ》へむかいました。

ミスター・ヒギンズは、庭から小川の土手につながるトンネルをほったといっていました。しかし、入り口はどこでしょう？

だいじょうぶ、ハートウッドさんは知っていました。庭にたどりついたハートウッドさんは、ペパーミントのしげみをかきわけました。どうしてミスター・ヒギンズが、いつもペパーミントだけはのびすぎてもそのままにしているのか、モナはずっと疑問《ぎもん》に思っていましたが、ようやくわかりました。ペパーミントにおおわれていた地面《じめん》に、板《いた》をかぶせたところがあります。ハートウッドさんが板をはずすと、大きな穴《あな》があらわれました。

「いこう」

ハートウッドさんにうながされ、モナは穴にすべりこみ、かわいた土のトンネルの中をころげ落《お》ちるように進《すす》んでいきました。ハートウッドさんもあとにつづきます。ふかく進めば進むほど、空気はひんやりとつめたく、土はしめっぽく、かすかにハリネズミのにおいがします。暗《くら》くてなにも見えません。いまは、燃《も》えさかる森の地下をとおっているのでしょうか？　やがて木々の根《ね》も焼《や》きつくされ、ここも危険《きけん》になってしまうのでしょうか？　ぶじににげのびることはできるのでしょうか？

トンネルは、ようやくのぼりにさしかかりました。ふたりはひたすら、上へとのぼりつづけました。足もとの土はまた、かわいた感触《かんしょく》になってきました。

出口はきっと、もうすぐです。モナの心臓《しんぞう》は高鳴りました。あかりがさしこんできました。ぼんやりとした光ですが、炎《ほのお》ではありません。

もわっと、かわいた砂《すな》ぼこりの舞《ま》う地上にでました。トンネルはつくられたときのまま、しっかり出口までつながっていたのです！　目のまえには、かわいた川床《かわどこ》があります。しかし息《いき》つくひまもありません。うしろをふりかえると、炎がせまってくるのが見えました。バチバチと音を立て、木々を飲《の》みこみ近づいてきます。土まみれのハートウッドさんもトンネルからでてきました。左手の包帯《ほうたい》はまっ黒になり、ほどけています。右手につかんだカバンはぶじです。

ふたりは土手の岩や砂の上をかけていきました。そのとき、ハートウッドさんがせきこんでいいました。

「しまった！」

カバンを落《お》としてしまったのです。カバンは川床までころがっていき、煙《けむり》につつまれ見えなくなりました。よろめきながら、あわてて取《と》りにいこうとするハートウッドさんに、モナはさけびました。

「わたしがいきます！　ハートウッドさんはにげてください！」

ハートウッドさんがこたえる間もなく、モナは走りだしていました。カバンは、ふたつの岩にはさまっていました。モナはかけよりましたが、がっちりとはさまっていて、なかなか取《と》れません。力いっぱいひっぱっても、びくともしません。あきらめかけたとき、いきおいよくカバンが取れ、モナははずみでひっくりかえってしまいました。

からだを起《お》こして見まわすと、ハートウッドさんのすがたを見うしなってしまったのに気づきました。ぼんやりと遠くになにか見えます。ハートウッドさんでしょうか？

モナはカバンを手に、よろよろと近づいていきました。そのとき、
ボン！

目のまえになにかが落《お》ち、足もとの地面《じめん》がゆれました。火です！　燃《も》えさかる木の枝《えだ》が川床《かわどこ》に落ち、行く手をふさいだのです。炎《ほのお》はおどるように、ぐるぐると渦《うず》をまいています。モナはおそろしさのあまり、こおりつき、息《いき》をするこ

ともできません。

オオカミやミミズクなら、知恵《ちえ》をしぼっておいはらったことがあります。吹雪《ふぶき》なら、しんぼう強く耐《た》えればいずれやみます。しかし火は、そんな方法《ほうほう》でのがれることはできません。いつもならうまくバランスを取《と》って、足場《あしば》のわるい中でもすばしっこくにげていけるモナですが、重《おも》たいカバンを持ったいま、それもできそうにありません。

火は音を立てて枝《えだ》を焼《や》きつくしながら、こちらへせまってきます。その大きな音にまじり、なにかべつの音がきこえたような気がしました。気のせいかしら、と思ったそのとき……。

つーっとひとすじ、川床《かわどこ》を水が流《なが》れてきました。つめたくきらめく水です！

ジュッ！

わずかですが、火のいきおいはよわまりました。すると今度《こんど》は、上流《じょうりゅう》からいっきに水が押《お》しよせてきました。モナの足も水にうき、あやうく流されそうになりました。何か月もまえの嵐《あらし》の日に、川の流れがモナを飲《の》みこみ、ホテルまで

はこんできたように。モナはあわてて、目のまえのなにかにつかまりました。あのときつかまったのは大木の根《ね》でしたが、今度《こんど》はちがいます。手です。それも、たくさんの！　動物《どうぶつ》たちが、モナをむこう岸《ぎし》にひっぱりあげていきます。

「モナ！　モナ！」

ストロベリーさんにティリー、ヘンリー、ヒギンズ夫妻《ふさい》、ジルさん、それにハートウッドさんも！　友だちであり、家族《かぞく》であるスタッフたちが、モナにかけよりました。

モナはみんなのうでの中にくずれ落《お》ち、せきこみながらだきつきました。ふたたびあえたことが、うれしくて幸《しあわ》せでたまりません。炎《ほのお》とモナたちをへだてて守《まも》る川の水は、歌うように流《なが》れていきます。

さらさら　こぽこぽ　さらさら　こぽこぽ
やすらか　うらら　やすらか　うらら

15 思いがけない結末《けつまつ》

「モナ！」

ティリーとストロベリーさんは、モナをだきしめました。

「ぶじでよかった」

ヒギンズさんはモナにそういって、つぎにハートウッドさんを見ると、きびしい声でいいました。

「ジョージー、いったいなにを考えているの！」

ハートウッドさんは口ごもりました。

「す……すまぬ」

するとティリーが口をはさみました。

「話している場合《ばあい》じゃないわ。早くにげなくちゃ！　いまは川の水がふせいでくれているけど、きっとまたすぐに干《ひ》あがるわ」

どうしてそう思うのか、モナは疑問《ぎもん》に思いましたが、きく間もなくティリーに手をひかれました。

「いそごう！」

せかされても、モナの足はうごきませんでした。ずっとずっと、走りつづけてきたのです。からだはもう限界《げんかい》でした。力がはいらず、目をあけていることもできません。

そのときオレンジ色の炎《ほのお》が、さっとモナのわきをかすめました。

（えっ、また火が？）

モナは、はっと目をあけましたが、オレンジ色の正体は炎ではなくホノオでした。あの赤ちゃんギツネです！　どうしてここに？　ホノオは、背中《せなか》にのってとでもいうかのように、身《み》をかがめました。あのときクッションのカバーでまいてあげた前足は、すっかりよくなっています。いまはモナが足にすり傷《きず》をつくり、いためています。火の熱《ねつ》で頭がくらくらします。

モナは、よろよろと背中《せなか》にのぼりました。ホノオのからだはすこし灰《はい》をかぶっていますが、毛は羽毛《うもう》のようにやわらかく、ほっとする乗《の》り心地《ごこち》です。その毛にからだをしずめてねむりに落《お》ちるモナの耳に、まぎれもないティリーの威勢《いせい》のいい声が、おぼろげにきこえました。

「そうね、やっぱりモナがのらなくちゃ！」

目がさめたとき、そこはリボンをぬいあわせた、ゆか下ホテルのおしゃれなキルトのベッドでも、ハートウッドホテルの特別室《とくべつしつ》でもありませんでした。なにより部屋《へや》の中ではなく、そとだったのです。

モナはけむる空の下で、小枝《こえだ》を組みあわせたベッドによこたわっていました。煙《けむり》のわずかなすき間から、星がきらめいているのが見えます。手をのばせばとどきそうです。いっしゅん、星のバルコニーにいるような感覚《かんかく》になりました。あたりを見まわすとベッドはほかにもあり、寝《ね》ている動物《どうぶつ》もいます。ここが

どこなのかわかりませんが、むこうのはしに、二ひきのリスと一ぴきのネズミがいるのが見えます。

モナはガマを編《あ》んだうすい毛布《もうふ》を押《お》しのけ、よろよろと立ちあがりました。足もとのゆか——ひょっとして屋根《やね》でしょうか?——は、すこしかたむいているので、一歩一歩、しんちょうに三びきのもとへ近づいていきました。

「ティリー?」とよびかけようとしたら、声がかすれてせきこんでしまいました。気づいたティリーは大声をあげました。

「モナ!」

ストロベリーさんはいすから立ち上がり、モナに席《せき》をゆずっていいました。

「モナちゃん、ここにすわって、ゆっくりりね」

いつもの麦《むぎ》わら帽子《ぼうし》と手ぶくろはなく、ストロベリーさんのからだは灰《はい》とすすだらけです。きっと自分もそうだろうとモナは思いました。

見おろすと草原のまん中に、ヤナギの木にかこまれた池があります。しかし水はほとんどなく、中では動物《どうぶつ》たちがひしめきあっています。石にすわっていたり、ただ立っていたり、身《み》をよせあっていたりと、さまざまです。

高いところにいるモナには、はるか下の動物《どうぶつ》たちの顔がよく見えません。大きな岩にすわっているウサギは、キツイーノ公爵《こうしゃく》でしょうか？　あそこにいるのは子ジカのフランシスでしょうか？　ホノオらしきすがたも見えます。

「ここは……どこなの？」

モナがきくと、ティリーはこたえました。

「ビーバーロッジよ。だいぶ、もとのようすとはかわってしまったけど。火事《かじ》のひろがる方角がかわったから、わたしたちもガッツにつれられて、ここへにげてきたの。ほかの動物もみんな、にげてきたのよ」

そこへヘンリーがわってはいりました。

「中の部屋《へや》は満室《まんしつ》だから、屋根《やね》の上にも寝《ね》る場所《ばしょ》をつくったんだ」

それでモナは、いまいるのが屋根の上だとわかりました。ヘンリーは木枠《きわく》にあついスイレンの葉《は》をのせたいすをさしました。

「あれはカメが日光浴《にっこうよく》をするいすだよ。すごくいいよね！　きれいなまんまるだし、すわると、ぽんっとはずむんだ」

　するとティリーがいいました。

「だからって、すわってあそんじゃだめよ、ヘンリー。こわしたらたいへん！　ここにはいま、ケガをしたり、煙《けむり》をすったり、いくあてがなかったりする動物《どうぶつ》があつまっているんだから。めいわくをかけないようにして」

　モナは、とまどっていいました。

「でも……ビーバーロッジは水の中にあるホテルだってきいていたけど。水辺《みずべ》や水の中で暮《く》らす動物のための宿《やど》だって」

「もう水がのこっているのは大プールだけよ。水がないと生きられない水生動物はみんな、そこにあつまっているわ。わたしたちがここについたあと、ストロベリーさんもやってきて、それではじめてハートウッドさんとモナがあぶないって知ったの。それでオーナーのベンジャミンさんが水生動物に声をかけて、みんな大プールにうつってもらったあと、ほかの動物たちで力をあわせてダムの水を川に流《なが》したのよ。そうすれば水がハートウッドホテルのほうまで流れていくはずだって、ベンジャミンさんは考えたのね。水の流《なが》れでしばらく炎《ほのお》を食い止められるから、そのあいだに、ふたりをさがせるだろうって」

するとヘンリーがまたわってはいりました。

「ストロベリーさん、ホノオにのってきたんだよ！」

「えっ？」

モナは信《しん》じられない気持ちでストロベリーさんを見ました。ストロベリーさんはいいました。

「朝、モナちゃんのようすを見にいったら、すがたがなくて。ロビーのテーブルで書《か》き置《お》きを見つけて……。起《お》こしてくれればよかったのに」

「ストロベリーさんの部屋《へや》がわからなかったんです。それにきっと……」

モナがいいよどむと、ストロベリーさんは大きく息《いき》をはきました。

「わたしは止めていたかもしれませんね。書き置きを見つけて、モナちゃんのあとをおおうとゆか下ホテルをとびだしたときには、もうハートウッドホテルまでの道は炎《ほのお》にはばまれて、進《すす》むことができませんでした。とほうにくれていると、一ぴきのキツネがいるのに気づいたんです。おそわれるのではと、とてもこわかったのですが、そのキツネはわたしを見て、ホノオだと名のってきたんです。わたしをモナちゃんとかんちがいしたみたいで。それでわたしを背中《せなか》にのせて、ここまでつれてきてくれました。とてもいい子ですね。たどりついたわたしが、みなさんにいきさつを話すと、ベンジャミンさんがあのプランを思いついたんです」

「ということは、火事《かじ》はまだ……？」

モナがおそるおそるきくと、ティリーがこたえました。

「まだ、おさまっていないわ」

モナは森に目をやりました。しかし遠くに目をこらしても、火は見えません。空の煙《けむり》も晴れてきたので、ひょっとしたら、火事はおさまったのかもしれないと希望《きぼう》を持っていたのです。

ヘンリーが明るい声でいいました。

「でも風むきがかわったんだ。それにもうすぐ雨がふるはず！　ぼく、予言師《よげんし》になったんだよ」

　するとティリーがたしなめました。

「ヘンリー、リスが予言師《よげんし》になれるはずないでしょう？　予言師のウッドチャックたちと友だちになっただけじゃない」

「でも伝書係《でんしょがかり》だって、ふつうはカケスがなるのに、ハチドリのハーモニーさんだってなれたでしょ？　だからウッドチャックじゃなくたって、予言師になれるはずだよ」

「リスに予言はできないの！　それにヘンリーはベルボーイでしょう？」

「もうベルボーイじゃないよ」

　ヘンリーがつぶやくと、みんな、しんみりとだまりこみました。しばらくして、ストロベリーさんが沈黙《ちんもく》をやぶりました。

「ティリーさん、もしよければ、すこしモナちゃんとふたりきりにしてもらえますか？　ヘンリーといっしょに、スイレンの葉《は》のパイを食べてきたら？」

　するとヘンリーは、しかめっ面《つら》をしました。

「うえっ、あれ、全然《ぜんぜん》おいしくなかったよ！　カップケーキがいいな」

「でもカップケーキはもう、十こも食べたでしょう？」

ストロベリーさんは、たしなめました。

「そうだけど」

ヘンリーは不満《ふまん》そうにつぶやきながらも、スキップで屋根《やね》のはしまでいき、はしごで下へおりていきました。ティリーもあとをおいながら、「ちゃんとあとで話してよ」とでもいうかのように、ちらりとモナに視線《しせん》をなげました。モナは「わかってる」というかわりに、きゅっとまゆをあげてみせました。ティリーにはあとで、ゆか下ホテルで見聞きしたことも全部《ぜんぶ》話すつもりです。

ティリーのすがたが見えなくなると、ストロベリーさんがいいました。

「モナちゃんに話さなければいけないことがあるの」

そして、大きく深呼吸《しんこきゅう》をしてつづけました。

「わたしは、あなたのおばさんじゃないのよ」

16 かぎはカバンとたねに

「えっ！」

モナは思わず大声をあげました。すると、

「えっ！」

と、もっと大きな声がきこえてきました。ティリーです。おりていったはずのはしごのほうから、ひょっこりと顔をだしています。ストロベリーさんはため息《いき》をつき、ティリーに手まねきしました。

「ティリーさんにも、きいてもらったほうがいいわね」

ティリーはしずしずとやってきて、腰《こし》かけるとききました。

「でも、あのペンダントは？」

モナもききました。

「それに、ゆか下ホテルで話してくれたことも……。ストロベリーさんは、わたしのお母さんの姉妹《しまい》じゃないんですか？」

ストロベリーさんは、ティリーとモナをじっと見つめて、こたえました。

「いいえ、親友だったのよ」

「親友？」

ティリーは大きく肩《かた》を落《お》としました。モナは目をしばしばさせました。

（そんなはずないわ。だってストロベリーさんはわたしに、おばさんだっていっていたのに……でも、あれ？　そういえば、ほんとうにそういっていたかしら……）

思い起《お》こしてみれば、ストロベリーさんがおばさんだというのは、モナが勝《かっ》手《て》に思いこんでいたことだったのです。ストロベリーさんがなにかを打《う》ちあけようとしたときも、おしまいまできかずに想像《そうぞう》をふくらませていたのです。

ストロベリーさんは説明《せつめい》しました。

「マデリーンとは子どものころにであって、毎日いっしょにあそんでいたわ。

大きくなるとマデリーンは、わたしもはたらくゆか下ホテルのメイドになったの。ハートウッドホテルでメイドになったモナちゃんのようにね」

そしてペンダントをはずしました。

「ある日、ふたりでそれぞれ、たねをハートの形にけずって、ひもにつけてペンダントをつくったの。そしておたがいにプレゼントしたのよ。生まれながらの姉妹《しまい》ではないけれど、これからはおたがいを姉妹だと思おうって。その証《あかし》に」

するとティリーが大声でいいました。

「姉妹って、そんなものじゃないわ！」

「そうかしら」

モナがつぶやくと、ティリーは信《しん》じられないという顔で、さっとふりむきました。

「おなじ親から生まれるから、姉妹なのよ。そういう決《き》まりなんだから！」

「じゃあティリーは、わたしを姉妹のようには思ってくれないのね」

「それは……それはべつよ。モナとわたしは……」

ティリーはそこでふんっと鼻息《はないき》をふいて、つづけました。

「わかったわ！　だれだって、なんにでもなれるわよね。ヘンリーにも、リスだって予言師《よげんし》になれるっていっておく！」

顔がわらっています。モナもにっこりしました。

秘密《ひみつ》があかされるのは、思いえがくようなタイミングとはかぎりません。秘密そのものが、思いえがいていたようなものではないこともあるでしょう。でも、思いえがくとおりが正解《せいかい》とはかぎらないのです。

そのときバサバサという羽音《はおと》とともに、ハーモニーさんのさけび声がきこえてきました。

「雨です！　雨です！」
ティリーはほんとうに、ヘンリーが予言師を名のるのをみとめてあげなければならないかもしれません。予言があたっていたのですから！
ハーモニーさんは池の上をあわててとんできました。

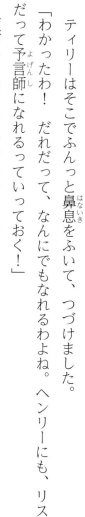

「ファーンウッドの森に雨がふっています！」

森が焼《や》きつくされ、荒《あ》れはてていくのを見かねた空が、さけんだのでしょう。「雨よ、ふれ！」と。

まだビーバーロッジに雨雲はさしかかっていませんが、火のあるところには雨がふりはじめているのです。ハーモニーさんはついに、いい知らせをはこんでくることができました。それも、この上なくいい知らせです。

モナとストロベリーさん、ティリーは空を見あげ、だきあいました。ほかの動物《どうぶつ》たちもみんな歓声《かんせい》をあげ、おどりはじめました。クマとハチがよりそっておどり、キツネとウサギがそろってとびはねています。威厳《いげん》たっぷりのハートウッドさんまでもが、ベンジャミンさんとゆかいなワルツをおどっています。ふたりの足もとからとびちるどろに、ヘンリーがはしゃいでいます。

池はたちまち、大広間《おおひろま》と化《か》しました。カエルとコオロギが即興《そっきょう》でバンドを組んで演奏《えんそう》しています。

モナとティリー、ストロベリーさんもいそいでおりていき、輪《わ》にくわわりました。まるで森じゅうの動物《どうぶつ》が勢《せい》ぞろいしているかのようです。みんな、モナと話したい、いっしょにおどりたいと近よってきます。カタツムリのスラスーラさん、ドブネズミのガッツ、スカンクのサズベリー侯爵夫妻《こうしゃくふさい》（火事《かじ》のさなか、おびえて、いちどはおならをしたことでしょう）もモナに歩みよりました。

おしゃべりに花をさかせていると、ついにビーバーロッジにも雨がふりはじめ、モナは歓声《かんせい》をあげました。もう、あたりに舞《ま》う灰《はい》に鼻《はな》をつまむ必要《ひつよう》もありません。

お祝《いわ》いにと、ビーバーロッジの支配人《しはいにん》のカワウソがエプロンすがたで、スイレンの葉《は》のパイをくばってまわりました。ストロベリーさんはティーポットに雨をためて、レモングラス茶をつくっています。

やさしく、ひんやりとふりそそぐ雨に、モナは目を閉《と》じ、鼻さきをすっとあげました。雨はほおひげを伝《つた》い、からだの毛をしっとりとぬらしていきます。

「モナ？」

よばれて目をあけると、目のまえにティリーが、たねいりマフィンの半分をさしだしていました。あのとき、半分にわって、かたほうずつ持っていたマフィンです。ティリーはちゃんと食べずに、取《と》っておいたのです。

でも……。

モナはポケットに手をいれ、葉《は》っぱのつつみをあけました。中には、マフィンにはいっていいたたねが、ひとつぶあるだけです。

「これ……ごめんね、ぼろぼろになってしまって。たいせつに取っておくつもりだったのに」

「いいのよ。わたし、考えていたんだけど……」

ティリーは自分の持っていた半分を、高くかかげました。マフィンに雨がふりそそぎます。そしていいました。

「『またあったらいっしょにパクリ』っていっていたけど、わたしたちがほんとうにしたいのは、たぶんそうじゃなくて……」

ティリーの手の中で、雨のしみこんだマフィンはくずれていき、中からひと

つぶのたねがすがたをあらわしました。モナのつつみにあるたねと、そっくりです。ふたりはよりそって、ふたつぶのたねを空にかかげました。

モナとティリーの、姉妹《しまい》の証《あかし》のたねです。


にぎやかに夜はすぎていきましたが、朝になると、すっかり静《しず》まりかえっていました。

雨で火事《かじ》は消《け》し止められたとはいえ、これからどうすればいいのだろうと、だれもが現実《げんじつ》にひきもどされたのです。動物《どうぶつ》たちはみな、住《す》みかへもどるのをこわがっています。森がどんなありさまになっているのか、目《ま》のあたりにする勇気《ゆうき》がないのです。ハートウッドホテルのスタッフもおなじです。ホテルの大木がどうなっているか、どうしてもわるいほうへと想像《そうぞう》がふくらみます。

ストロベリーさんからは、モナがゆか下ホテルで暮《く》らしたければ、いつでも大歓迎《だいかんげい》だといわれています。歓迎される場所《ばしょ》があるのは、うれしいことです。しかしいまは、ティリーとハートウッドさんのそばにいたいのです。そう伝《つた》えると、ストロベリーさんは「わかったわ」といってくれました。

ハートウッドさんはスタッフを、池のわきにあつめました。足もとの草にはまだ雨つぶがきらきらしています。モナは森に目をやりました。近くの木々は青々としげっていますが、そのさきはまっ暗《くら》でわかりません。

ヒギンズさんが鼻《はな》をすりながらいいました。

「なにもかも、おしまいね」

するとミスター・ヒギンズが、どろまみれのハンカチを手わたしていいました。

「だいじょうぶ。森はまた、よみがえっていくじゃろう」

しかしその言葉《ことば》にも、ジルさんははげまされなかったようです。舌《した》をいそがしく出し入れしながらいいました。

「ハートウッドホテルは、ドングリ五つ分の評価《ひょうか》をえた最高級《さいこうきゅう》ホテルだったのですよ！　あのようなホテルをあらたにつくりなおすなど、できるはずがありません」

するとティリーがいいました。

「べつの木をさがすしかないのかしら。ハートウッドさん、あの木はもう、だめなんでしょうか」

ハートウッドさんは大きく息《いき》をついていいました。

「望《のぞ》みはうすいが、どうだろう。いかなる状態《じょうたい》であろうとも、とくべつな木だからな」

そこで言葉《ことば》を止めて、しばらく考えるといいました。

「われわれが力をあわせ、これをかかげるかぎり、できぬことはないはずだ」

そして足もとに置《お》いていたカバンを持ちあげました。手の包帯《ほうたい》は、いまはきれいにまかれています。ハートウッドさんはモナを見て、大きくうなずきました。

「モナくんのおかげで、これをはこびだしてくることができた。心から感謝《かんしゃ》する」

ヘンリーが、ひょうしぬけしていいました。

「カバン？　そんなの、ホテルでたくさん見たことあるよ」

するとティリーが、さえぎりました。

「シーッ！　きっと中になにかはいってるのよ」

いったい、なにがはいっているのでしょう？　モナがかたずをのんで見つめる中、ハートウッドさんはカバンの留《と》め具《ぐ》をあけ、中から丸まった木の皮《かわ》を取《と》りだして、注意《ちゅうい》ぶかくひらきました。

キバもかぎづめも、ここではないもおなじ
みなさまを守《まも》り、敬《うやま》う心とともに

ヒギンズさんがさけびました。

「モットーだわ！」

「モットー？」

ヘンリーは期待《きたい》はずれの顔をしています。しかしモナは、太陽《たいよう》のように顔をかがやかせました。黄金色《こがねいろ》のやわらかな日ざしが、モットーを照《て》らしています。夏ももうすぐ終《お》わりです。これからも季節《きせつ》はめぐり、木々の葉《は》は芽《め》ぶき、しげっては枯《か》れ、舞《ま》い落《お》ちていくでしょう。空はモナとおなじように、晴れやかな笑顔《えがお》をふりまく日もあれば、大つぶの涙《なみだ》を落とす日もあるでしょう。でも、だいじょうぶ。

家族《かぞく》がいるのですから。みんなといっしょなら、そこがわが家なのです。

まつぼっくり新聞

大ニュース！
ハートウッドホテル、リニューアルオープン‼

　名高いハートウッドホテルのオーナー、ハートウッド氏《し》が同ホテルのリニューアルオープンを発表《はっぴょう》した。森の火災《かさい》により煙《けむり》につつまれ、灰《はい》をかぶり、一時は廃業《はいぎょう》かとあやぶまれた同ホテルだが、大木の生命力《せいめいりょく》とスタッフの尽力《じんりょく》により、かがやきを取《と》りもどした。

　夏の終《お》わりにひらかれる祝賀《しゅくが》パーティーは、だれでも参加可能《さんかかのう》。たねいりマフィンや、つめたいハチミツ茶がふるまわれる。ホテルを丸くかこむ子ども用プールや、チェックアウト時に荷物《にもつ》をすばやくはこびだす荷物用すべり台など、あたらしい設備《せつび》も披露《ひろう》される。虫もふくめ、あらゆる動物《どうぶつ》にとって楽しいひと時となるだろう。

〈『まつぼっくり新聞』ホテル評論家《ひょうろんか》、
ジュニパー・ジョーンズのコメント〉
「ところでみなさん。どこにいようとも、料理《りょうり》はたっぷり、夜はぐっすり、心もほっこりな生活を送《おく》ってくださいね！」

訳者《やくしゃ》あとがき

ひとりぼっちのモナがハートウッドホテルに出会い、居場所《いばしょ》をきずいていくシリーズ。秋の日々をえがいた一巻《かん》にはじまり、冬の二巻、春の三巻とつづき、ついに夏のこの四巻で最終巻《さいしゅうかん》となりました。ここまでモナを見守《みまも》ってくださった読者のみなさま、ありがとうございます。

自分には心やすらぐ居場所がない、家族《かぞく》もいないと孤独《こどく》をかかえてきたモナ。しかし持ち前の情熱《じょうねつ》とやさしさで奮闘《ふんとう》し、いつしかわが家も家族も手にいれていました。シリーズは終《お》わっても、ハートウッドホテルの日々はつづいていきます。モナたちはきっと、いつまでも仲《なか》よく幸《しあわ》せに暮《く》らしていくことでしょう。

近々、作者のケイリー・ジョージさんによる新シリーズ「クローバーと魔法動物《まほうどうぶつ》」(仮題《かだい》)も刊行《かんこう》される予定《よてい》です。そちらも楽しみにしていてください。

二〇二〇年二月　久保陽子《くぼようこ》

ハートウッドホテル 4
ねずみのモナと永遠《えいえん》のわが家
2020 年 2 月 14 日　第 1 刷発行

作　ケイリー・ジョージ
訳　久保陽子
絵　高橋和枝

発行所　株式会社童心社
〒 112-0011　東京都文京区千石 4-6-6
電話　03-5976-4181 (代表)　03-5976-4402 (編集)
ホームページ　https://www.doshinsha.co.jp/
装丁　丸尾靖子
印刷　株式会社光陽メディア
製本　株式会社難波製本

ISBN978-4-494-01744-7
Published by DOSHINSHA Printed in Japan　NDC933　215p　17.9 × 13cm

ストロベリー

ネズミのお客《きゃく》。
ゆか下ホテルのメイドで
モナに会いにきた。

トニー

キツツキの監視係《かんしがかり》。
危険《きけん》を知らせてくれる。

トゲソン

ヤマアラシのお客《きゃく》。
チクリーさんとの恋《こい》の
行方《ゆくえ》は……。